Toni Bürger wurde 1943 in der kroatischen Stadt Vukovar (an der Donau gelegen) noch zu Zeiten des, sogenannten, Unabhängigen Staates Kroatien (NDH) geboren. Bis zu seinem 17. Lebensjahr bleibt die, väterlicherseits, donauschwäbische   Familie, in dem ehemaligen Jugoslawien und   siedelt dann nach Deutschland über.

Es folgt die Förderschule, Handelsschule, die Ausbildung zum Chemielaboranten und das Berufsleben. Dazwischen die Familiengründung, Hauskauf in Ober-Ingelheim, wo er, nach eigenem Bekunden, die Wurzel zieht.

Die alte Heimat verliert er nur zeitweise aus dem Blickfeld bis 1991 Vukovar in dem, so sagen es die Kroaten, Vaterländischen Krieg, zerstört, okkupiert und schließlich in den neuen und   demokratischen Staat Kroatien integriert wird.

Die Liebe zu diesem Fleckchen Erde, seinem Idiom, das sich so wunderbar von dem akademisierten Zagreb abhebt, zu der Donau und seiner Küche begleitet den Autor bis in das Alter.

Das Schreiben kleinerer Geschichtchen, Übersetzen aus dem Kroatischen ins Deutsche, beschäftigt ihn seit Jahren. Und dann erfüllt er sich, mit jetzt 78 Jahren, einen langgehegten Traum und schreibt ein Buch, dieses!

Ob es noch eines wird, vielleicht ein Rezepten-Buch (der Autor kocht leidenschaftlich gern) oder gar die Übersetzung eines richtigen Buches aus dem Kroatischen, soll die nahe Zukunft zeigen.

Toni Bürger

tredition®

Toni Bürger

Geschichten, Geschichtchen (crtice)

und das Kochen

(aus jungen Jahren und später)
Toni Bürger, Vukovar/ Ober-Ingelheim

tredition®

Impressum

© 2021 Toni Bürger

Autor: Toni Bürger
Lektorinnen: Hilde Bürger und Sibylle Louanzi
Herstellung: Lilly Unter Ecker
Autor der übersetzten Passagen: Pavao Pavličić, Kroatien
Mundartbeitrag: Wilfried Weitzel
Ober-Ingelummer Original,

Verlag & Druck: tredition GmbH,
Halenreie 40-44, 22359 Hamburg

ISBN: 978-3-347-30812-1 (Paperback)
       978-3-347-30813-8 (Hardcover)
       978-3-347-30814-5 (e-Book)

Toni Bürger

Gewidmet
der Stadt, die meine erste Heimat wurde
und bis heute noch ist:
Vukovar mit der Donau, dem fiš, Graševina und guten Freunden

und der Stadt, die meine zweite Heimat ist,
in der ich alt geworden bin:
Ingelheim mit seinen Bruchsteinen, dem Spargel, dem Spätburgunder,
der Familie und guten Freunden

So ist das Wort „Heimat" nicht mehr ein Singularetantum.

Posvjećeno
gradu, koji mi je postao moj prvi zavičaj
i do danas je to ostao:
Vukovaru sa Dunavom, fišom, Graševinom i dobrim prijateljima

i gradu, koji mi je moj drugi zavičaj,
u kojem sam ostario:
Ingelheim-u sa zidinama od lomljenog kamena, sa šparugama, sa kasnim
Burgundcem,
familijom i dobrim prijateljima

ovako riječ „zavičaj" više nije Singularetantum

Inhalt:

PROLOG

Warum schreibt er dieses Buch, wird sich der neugierige Leser, der sich aufs Lesen einlässt, fragen? ... wenn er es nicht gleich zur Seite gelegt hat, weil: Verfasser unbekannt – oder umgekehrt, weil Verfasser bekannt! Und wen kann das schon interessieren?

Die Frage stelle ich mir auch selbst, zumal die Thematik des Buches starken Bezug auf die Erfahrungen aus meiner frühesten Jugend nimmt – also, lang, lang ist es her. Erfahrungen, die im Jugoslawien der Fünfziger, des letzten Jahrhunderts, wurzeln, soweit ich dieses Land und die Gesellschaft mit meinen fünfzehn/sechzehn Jahren erfassen konnte. Ich habe dieses Land auch später im Auge behalten und erst recht als es zerfiel und meine Heimatstadt Vukovar zunächst zerstört, besetzt und dann ein Teil des nun selbständigen, demokratischen Staates Kroatiens wurde. So gesehen ist es auch ein Stück Geschichtsschreibung, allerdings eben aus meiner, sehr subjektiven, Sicht.

Einige Episoden reichen bis in die Gegenwart hinein.

Die donauschwäbische Familie Bürger wird Anfang des letzten Jahrhunderts vermögend und in den Dreißigern gehört ihr die, damals, modernste Mühle in Vukovar. Das Ende des II. Weltkrieges verändert alles. Das Vermögen wird nach der Machtübernahme der Kommunisten enteignet und mein Vater ins Partisanen-KZ verschleppt. Wobei die Lager im kroatischen Teil des neuen Jugoslawiens lange nicht so mörderisch angelegt waren, wie entsprechende in Vojvodina.

Der Vater kommt auch bald frei, nicht zuletzt auf Betreiben seiner serbischen Frau und ihrer Schwester, die buchstäblich von Pontius zu Pilatus liefen, d. h. zu allen erreichbaren neuen Machthabern und um die Freilassung bettelten.

Er wurde auch gleich in seiner, nun enteigneten, Mühle eingesetzt. Allerdings nur für wenige Monate, bis ein linientreuer Leiter gefunden wurde.

Die Familie kam dann (ich war da auch schon auf der Welt) im bescheidenen Häuschen der Mutter unter, der Vater wurde in einem Möbelwerk beschäftigt – immerhin als Buchhalter. Doch, als parteitreue Leute nachrückten, wurde er nach und nach degradiert und landete sogar an der Werkbank, obwohl er mit dem Hobel absolut nicht umgehen konnte. Das führte schließlich dazu, dass die Familie sich entschloss nach Deutschland auszuwandern, was zu dieser Zeit bereits legal möglich war. Voraussetzung war, dass Deutschland, das selbst noch in den Trümmern lag, bereit war diese Menschen aufzunehmen.

Ich selbst habe kaum etwas von diesen Repressalien gespürt, dafür waren ich und meine jüngere Schwester, *Ljerka*, in der Familie bestens behütet.

Allerdings kam es dann in der Schule doch zu einigen Reibereien. Das Regime, der sogenannte Sozialismus, war der Familie absolut suspekt (schließlich wurde Vaters gesamtes Vermögen enteignet) und dann waren wir auch noch gut katholisch – väterlicherseits!

Ich ging im Franziskanerkloster zum Religionsunterricht, was in der Schule verboten war. Im politischen Unterricht wurde dann heftig diskutiert und wenn ich nicht weiter wusste, bauten mich meine Franziskanerpater wieder auf und der Disput ging weiter. Ernsthafte Nachteile aus dieser Rebellenrolle sind mir nie erwachsen.

Was aber aus dieser Zeit hängen blieb, ist die Abneigung gegen die Verlogenheit dessen, was sich sozialistisch nannte. Aber eine Linksorientierung meiner Ansichten blieb. Auch eine tiefe Abneigung gegen alles, was sich auch nur ansatzweise faschistoid und faschistisch gebärdete, begleitet mich bis heute. Schließlich waren Nazismus und Faschismus Auslöser für den Befreiungskampf und die Machtübernahme der Kommunisten.

Geblieben ist auch mein Bemühen, die Verschiedenheit der Menschen zu akzeptieren. Das ist nicht immer einfach, denn es gibt immer Menschen, die einem unangenehm sind. Wenn das allerdings an der Herkunft aufgehängt wird, kann es kritisch werden. Da kann es schon zu faschistoiden Gefühlen kommen.

... Wehret den Anfängen!

Geblieben ist auch die (eigentlich erst viel später bewusst gewordene) Liebe zu dem Folklor dieses Vielvölkerstaates – worauf ich später eingehen möchte. Aber da kann einem schon so etwas wie ein Anflug einer Jugonostalgie aufkommen.

Die Liebe zu den beiden großen Sprachen dieses Landes, Kroatisch und Serbisch, hat sich erst viel später entwickelt, obwohl mich die Sprache, als Medium, schon seit der frühen Schulzeit in dem ehemaligen Jugoslawien faszinierte. Diese Liebe ist auch, z. T., der Auslöser für dieses Buch.

In Vukovar sprachen wir in den Gassen einen Mischmasch aus beiden Sprachen, gespickt mit den aus der Osmanenzeit gebliebenen Worten. Ebenso hinterließ die KuK-Zeit deutliche Spuren und schließlich waren hier auch die Donauschwaben, immerhin, in Vukovar, an die 20% vor dem II. Weltkrieg.

In der Schule hieß es „Serbokroatisch" (oder holpriger Kroatisch-Serbisch), was eigentlich ein politisches Konstrukt war.
Ein Serbe sagt für das Wort schön eben „lepo" und dabei bleibt's! Ebenso bleibt ein Kroate konsequent bei seinem barocken „lijepo". Gleicher Wortstamm aber gravierender Unterschied im Dehnungsvokal!

So hieß es bei Langenscheidt: Deutsch-Serbokroatisches Wörterbuch, benutzt wurde aber ausschließlich die kroatische Form der Worte, bis auf wenige Ausnahmen. Serbokroatisch hat es also nie richtig gegeben und es hätte keinerlei Chance je akzeptiert zu werden. Es ist auch richtig so, denn jede Ethnie hat ein Recht auf die eigene Identität und eigenes Idiom!

Ach ja, so war es noch viel schlimmer, wenn jemand auch noch „Jugoslawisch" sagte, was mir selbst in einem unkritischen Moment passiert war. Mein kroatischer Freund, damals gerade ein flüchtiger Bekannter, hätte mich beinahe zusammengeschlagen, beherrschte sich jedoch.

Aber die Erinnerung an dieses *faux pas* ist bis heute nicht verblasst.

Heute sind vor allem die Kroaten ungeheuer stolz auf ihre Sprache und ich nenne sie gerne "Sprachpuristen", weil sie Fremdwörter vermeiden. Auch wenn dabei Wortkonstrukte entstehen, über die man schmunzeln könnte, wären sie nicht, manchmal, gar lächerlich.

Die Serben haben sehr viel weniger Berührungsängste gegenüber Fremdwörtern, die sie fleißig, manchmal bis zur Unkenntlichkeit, slawisieren. Selbst in der ernsten Literatur wimmelt es von Turzismen und Germanismen.

Heute driften die beiden Sprachen, auch beiderseits politisch gewollt, diametral auseinander!

Deutsch habe ich erlernen müssen und dürfen und betrachte es als ein höchstes Kulturgut, dessen Reinheit ich, ähnlich wie die Franzosen oder auch Kroaten, mit „fletschenden Zähnen" zu verteidigen versuche, etwas erfolglos … Aber, da ist schon mal einer gegen die Windmühlen losgezogen und hat eine satte Bauchlandung hingelegt.

Jedenfalls begrüße ich niemand mit „Hallo" und verkneife mir das penetrante „Okay, okay, okay" – so gut es geht. Und wenn es mir dann mal durchrutscht, ärgere ich mich über mich selbst.

Um den Unterschied zwischen der deutschen und kroatischen Sprache zu erklären, erzähle ich gerne, dass einer der ersten Sprüche, der mir in Deutschland begegnet ist, der Satz war: *Deutsche Sprache, schwere Sprache!*

Von wegen!!

Lerne doch jemand Kroatisch, dass die Substantive in sieben Fällen dekliniert, jeder Fall mit jeweils eigener Endung, wobei auch noch zwischen männlich, weiblich und sächlich unterschieden wird. Ebenfalls mit eigener Endung! Dafür kann die Sprache auf die Artikel vor dem Substantiv und ebenso auf die Pronomina, wenn sie nicht zur Aussage gehören, verzichten.

Da stellt sich die deutsche Sprache mit ihren vier Fällen, die sich auch noch kaum voneinander unterscheiden, recht bescheiden dar. Ganz primitiv (und ich benutze den Ausdruck bewusst so provokativ) ist eben die englische Sprache, die heute fast nur noch in der amerikanischen Abart vorkommt. Sie hat die grammatikalische Vielfalt auf ein Minimum reduziert. So ist sie eben Weltsprache geworden, *lingua franca*, und droht jegliche kulturelle Vielfalt an die Wand zu drücken.

Ich schreibe dieses Buch auch stückweit gegen die Uniformierung der Kultur. Auch für die kulturelle Vielfalt in Deutschland (hier lebe ich nun mal, gerne!), wobei die Bewahrung der Identität, ohne dass eine Parallelgesellschaft dabei entsteht, ungeheure Herausforderung ist. Vielleicht gelingt es mir, etwas zu der Buntheit beizutragen.

So stelle ich hier eine Mischung aus kleinen Geschichten, *crtice*, wie die Kroaten sagen, Rezepten, die ich so gerne koche und auch Übersetzungen aus dem Kroatischen vor. Ich streue gerne da und dort ein kroatisches Wort ´rein – die muss niemand auswendig lernen. Aber wer sich auf die Aussprache einlässt, könnte auch etwas Spaß daran finden und vielleicht einen kroatischen Bekannten mal mit einem Wort überraschen.

Im Anhang findet sich eine kleine Übersicht, wie die kroatischen, auch in der serbischen Sprache gebräuchlichen, in Deutschland unbekannten, Zeichen ausgesprochen werden.

Einen Kompromiss musste ich allerdings eingehen: Die Texte folgen der „neuen deutschen Rechtschreibung"! Ich lasse aber noch einmal (trotzig) das von mir geliebte Bindewort **„daß"** fett drucken (als dass es nicht in Vergessenheit gerate). Dem kann das struppige „dass" nicht einmal die Bohne reichen!

Den Anfang macht die Geschichte, die erzählt, wie der Autor zu seinem Namen kam … und zwar, mutiger Weise, gleich in Kroatisch – einfach so, weil ich die Sprache mag und weil mir die Geschichte, ausnahmsweise, gleich in meinem heimatlichen Idiom in den Sinn kam und ich erst später nachdachte, wie drücke ich das in Deutsch aus? Auch das war eine spannende Erfahrung für mich.

Aber keine Angst, es kommt nicht so schnell wieder vor und eine Übersetzung folgt gleich hintendran.

Dass ich eine Geschichte in Kroatisch schreibe, ist für mich schon ein Wagnis, dazu habe ich mich bislang nicht getraut. Ich habe mich von der Sprache zwischendurch sehr weit entfernt. Dann hatte ich, nach 1991, viele Kontakte mit Kroaten, die Sprache erneuerte sich bei mir und ich lernte sogar einigermaßen richtiges Kroatisch vom Serbischen zu unterscheiden und sogar anzuwenden. Das ist für einen Vukovarer überhaupt nicht selbstverständlich.

Wo es gelegentlich hakt (in meiner Erzählung in Kroatisch), ist die Satzstellung, die sich zwangsläufig bei mir an die deutsche, die mir inzwischen geläufiger ist, anlehnt. Das haben, bei einer Lesung im kleinen Kreis, meine kroatischen Freundinnen (vom Meer, aus Slawonien und aus Zagreb) gleich festgestellt.

Sie stolperten auch über verschiedene Ausdrücke, die wohl in anderen Teilen Kroatiens nicht geläufig sind. Gleich am Anfang das Wort:

batrgati se! In Deutsch kann man das treffend mit „sich herumschlagen" übersetzen, wobei „sich plagen" nur bedingt zutrifft, es ist nicht so dynamisch, wie „sich herumschlagen".

Meine freundlichen Freundinnen boten mir einige andere, kroatische Ausdrücke an, wobei keiner, auch nur annähernd, ausdrücken konnte, was ich in meinem Vukovarer Idiom sagen wollte. So entschied ich mich, meine (... ach, was bin ich so stolz ... eingebildet?) Künstlerische Freiheit in Anspruch zu nehmen und zu schreiben „wie mer de Schnabbel gewachse is".

Das Setzen von Kommata, Klammern und ... Pünktchen reklamiere ich ebenso als „meinen Stil". Damit sollen aber dem Leser Hinweise an die Hand gegeben werden, wo sich der Autor eine Pause vorstellte, damit er sich beim Lesen entspanne und auch mal über das Geschriebene nachdenke, zehntelsekundenweise.

Der geneigte Leser mache sich selbst ein Urteil darüber.

Übrigens lasse ich meine Geschichten ungern ohne „Begleitung" und schon gar nicht die Rezepte. Es gibt immer noch ´was zu erklären, was in der Geschichte selbst nicht steht – ebenso ist das mit Rezepten.

Und nun endlich die Geschichte:

Antonio, zašto upravo Antonio?

Moram jednom ispričati, kako sam dobio ime, koje mi stoji u Krsnom listu ...

Batrgam se s tim, meni još dan danas, stranim imenom – svjesno, već dobrih 65 godina. Čak mi se zadnjih godina sve češće postavi pitanje: Talijan? Premda već od mladih dana živim u Njemačkoj. Talijan, ma kakav Talijan!
Otkuda jedan Bürger i Talijan? Pa, Antonio?

A onda im ispričam moju priču, dužu ili kraću, već prema tome, tko me pita i koliko imam vremena, da razvezem.

Da je uopće došlo do krštenja (u ono doba se u Vukovaru još nije znalo za Krstitke ...) je bilo već malo čudo.
Izgleda da je pred sam moj porod došlo do nekih komplikacija, majka mi se samnom jako mučila i doktori su savjetovali: u Osijek!
Kako je moj otac svoju ženu dopremio u Osijek, nije mi poznato. Ali onda, to je bilo davne 1943. godine, za vrijeme (fašističke) tako zvane „Endehazije", Nezavisne Države Hrvatske, očeva švapska familija je još imala svoj mlin i sigurno dosta novaca. Otac je mogao nabaviti najbolji auto u Vukovaru. Svejedno je to bila avantura voziti trudnicu po toj kaldrmi, nekih trideset kilometara u Osijek. Još godinama kasnije, kada sam ja kao dečkić biciklom vozio rodbini u Osijek, bila je to cesta, presuta rupama.

Majka je primljena u privatni Sanatorij Dr. Batory (madžarsko prezime?), a porod je pratila g. Dr. Kirbaum Felicita sa primaljom. Tako je porod počeo.

O tome mi majka nikada nije puno pričala, ali i ja nisam dovoljno pitao. Danas mi je to žao.

Dijete su primili ali sve poplavilo sa pupčanom vrpcom stegnutom oko vrata i desne ruke - ni živo ni mrtvo. I onda je sve išlo vrlo brzo. Odrezali vrpcu, oslobodili vrat, tapkali me i dobro udarali, a ja ni mukajac.
Zgrabili me i provukli kroz hladnu vodu, pa onda kroz toplu i to, tko zna koliko puta.
Toga se ja još dobro sjećam, samo onda još nisam znao brojati.
To mi danas nitko ne vjeruje, ali ja to znam ...

Uglavnom mi se to kupanje nije dopalo, pa sam se proderao iz petnih žila! Ondak su me i iz nužde krstili, jer nije bilo sigurno, što će biti, pa da dijete ne umre sa istočnim grijehom. Međutim, sve je izgleda, barem do danas, skoro osamdeset godina kasnije, dobro prošlo.

Tako se to barem u našoj familiji pričalo, premda Krsni list Velike Župe apostola Petra i Pavla u Osijeku I. navodi kao dan krštenja 3. travanj 1943 godine bez ikakve druge napomene, dakle 8 dana poslije rođenja. Tamo sam naveden sa imenima Antonio, Johann Wolfgang ...

U ono doba su roditelji novorođenče rado preporučili nekom svetcu, da bi on kasnije na dijete pazio. Moguće je, da su mi moji roditelji i prije poroda izabrali ime, jer se je moja majka, u strahu, da li će dijete preživjeti, zavjetovala Svetom Antunu, da će svog vijeka postiti utorkom. Moja majka je utorak uzela kao dan posta, pošto je sv. Antun, po legendi, jedan dan poslije njegove smrti u utorak bio prenesen u Padovu i pokopan. Znaći, da je moja majka, kao Srpkinja, dobro znala, kada treba postiti ... nevjerojatno!
Tako je to i ostalo do njene duboke starosti i kada bi slučajno utorkom zagrizla komad mesa, bila je nesretna do neba.

Podunavski Švabi su u našem kraju bili svi katolici – a majka Srpkinja! Kako je moj otac uspio oženiti siromašnu, ali lijepu Srpkinju, to je opet priča za sebe.

Dakle svetca su mi izabrali, možda i za to, što su također i vukovarski Srbi poštivali Sv. Antuna i na kirbaju (13. lipnja) rado slavili sa katolicima.

Da li sam ja još nekako u Vukovarskoj župi sv. Filipa i Jakova zapisan, moram, da bi potvrdio moju priču, još provjeriti.

Međutim, u familiji se uvijek pričalo, da mi je otac bio u vukovarskom Samostanu, dao me zapisati – pošto smo stanovali u Vukovaru - i tamo imao svoj posebni doživljaj.

Samo ne znam, da li su za mene izabrali Antun ili Tuna, kako je to u narodu bio običaj. Tuna su se uglavnom zvali Hrvati. Bosanci i Dalmatinci kažu Ante ili Anto. Anton se u našem kraju nitko nije zvao.

Naši Švabi su djeci često davali hrvatska imena, jer se nisu uvijek jako isticali, kako su oni Švabi. U familiji moga oca su još nosili imena kao Franz, Rudolf ili Amalija, ali smo ih mi kasnije zavali striko Franjo, Rudi (moj otac) ili teta Malčika.

Prezimena su ostala po njemačkom, ali često slawizirana. Tako sam ja bio Birger i tek negdje u osmogodišnjoj školi, kada smo počeli kao strani jezik učiti Njemački, shvatio sam, odakle potiče očeva familija. U mojim školskim svjedodžbama stoji 50tih godina, u ondašnjoj socijalističkoj Jugoslaviji, Birger i tek kasnije se pojavljuje Bürger.

Dobroćudni Franjevac (u Vukovaru su Franjevci stolječima, pogotovo u doba Osmnlijske valdavine i poslije Drugog svjetskog rata pratili katolički narod) se je naravno obradovao, zapisati dijete po Svetom Antunu pošto je jedan od većih oltara u crkvi sv. Filipa i Jakova bio posvećen upravo našem, omiljenom, padovanskom svetcu.

Ali tu tek počinje zbrka, jer je naš pobožni franjevac, vjeran svom Papi u Rimu, tražio, da se ime unese onako „kako Bog zapovijeda", t. j. onako, kako treba i upravo u tome, moguće, pogriješio!

U Krsnom listu iz Osijeka stoji Antonio. Ali u školskom svjedodžbama stoji koji put Antonio i ondak Antonijo.

U njemačkim papirima se taj „**j**" gubi, ali svi nekako znaju, kamo Antonio spada … To može biti samo Talijan ili Španjolac.

Tako se ja svog vijeka petljam sa tim imenom i nikada ga nisam usvojio. Uvijek moram nekome nešto objasniti.

Čak i moji roditelji me nikad nisu tako zvali. Po jednoj legendi u našoj familiji je moja majka za vrijeme trudnoće čitala knjigu „Die Buddenbrooks", koju je napisao Thomas Mann. Tako me još danas svi, također i bliži prijatelji, zovu Hano!

Kada me je neka cura kasnije u školi, u Njemačkoj, počela zvati „Toni", pošto joj je Antonio bilo pre dugačko, našao sam svoj identitet.

S tim imenom mogu živjeti!

Antonio, wieso ausgerechnet Antonio?

Ich muss doch einmal erzählen, wie ich den Namen bekommen habe, der in meinem Taufschein steht …

Mit diesem, mir bis heute fremden, Namen schlage ich mich, bewusst, schon gute 65 Jahre, herum. Gar kommt es in den letzten Jahren immer häufiger vor, dass ich die Frage gestellt bekomme: Italiener? Obwohl ich seit meinen jungen Jahren in Deutschland lebe. Italiener, was für ein Italiener?

Wieso Bürger und Italiener? Und Antonio?

Und dann erzähle ich ihnen meine Geschichte, kürzer oder länger, je nachdem, wer fragt und wieviel Zeit ich habe um den Faden zu spinnen.

Als dass es überhaupt zu der Taufe kam (kroatisch *krštenje*, oder neuerdings *krstitke*), war schon ein kleines Wunder. Offensichtlich gab es unmittelbar vor der Niederkunft irgendwelche Komplikationen. Meine Mutter quälte sich sehr mit mir und die Ärzte rieten: nach Osijek! Wie es mein Vater angestellt hatte, seine Frau nach Osijek zu bringen ist mir nicht bekannt. Aber, seinerzeit, das war in dem längst vergangenen Jahr 1943, zur Zeiten des (faschistischen!) Unabhängigen Staates Kroatien, genannt „Endehazija" (kommt von den Anfangsbuchstaben NDH) besaß Vaters Familie noch ihre Mühle und sicherlich nicht wenig Geld. Der Vater konnte das beste Auto in Vukovar besorgen. Und dennoch war das ein Abenteuer, die hochschwangere Frau auf dem Makadam, der holprigen Schotterstraße, die dreißig Kilometer nach Osijek zu bringen. Auch noch nach Jahren, als ich als junger Bursche, mit dem Fahrrad zu der Verwandtschaft nach Osijek fuhr, war das eine mit Löchern übersäte Piste.

Die Mutter wurde in das private Sanatorium Dr. Batory (ungarischer Familienname?) aufgenommen und die Geburt begleitete Frau Dr. Kirbaum Felicita mit einer Hebamme. So ging es mit der Geburt los. Darüber hat mir meine Mutter nie viel erzählt, aber ich habe auch nicht genug gefragt. Heute tut es mir Leid.

Das Kind war da, aber ganz blau angelaufen mit der Nabelschnur um den Hals und um den rechten Arm. Und dann ging alles ganz schnell: Die Nabelschnur abgeschnitten, den Hals befreit, das Kind getätschelt und richtig abgeklopft, aber von mir kein Muckser!
Sie packten mich und zogen mich durch kaltes Wasser und dann durch warmes. Wer weiß, wie oft.
Daran erinnere ich mich wie heute, nur zählen konnte ich damals noch nicht.
Das glaubt mir heute niemand, aber ich weiß das …

Jedenfalls hat mir diese „Badekur" nicht gefallen und ich brüllte los, was das Zeug hält! Dann hat man mich notgetauft, weil es nicht sicher war, was wird und das Kind sollte doch nicht mit der Erbsünde sterben. Es ist aber anscheinend alles gutgegangen, jedenfalls bis heute, fast achtzig Jahre später.

So erzählte man es sich jedenfalls in unserer Familie, obwohl der Taufschein der Pfarrei der Apostel Petrus und Paulus in Osijek I. als den Tag der Taufe den 3. April 1943 anführt, also acht Tage nach der Geburt.
Darin stehe ich mit den Namen Antonio, Johann, Wolfgang eingeschrieben …

In jener Zeit hat man dem Neugeborenen gerne den Namen eines Heiligen gegeben, damit er dann später auf das Kind achtgeben sollte. Möglicherweise haben mir meine Eltern schon davor den Namen ausgesucht, denn meine Mutter hat, in ihrer Angst, ob das Kind überleben würde, dem heiligen Antonius gelobt jeden Dienstag zu fasten, ihr Leben lang. Meine Mutter hat als Fastentag den Dienstag genommen, weil der hl. Antonius, nach der Legende, am Dienstag, also einen Tag nach seinem Tod nach Padua überführt und beigesetzt wurde. Das bedeutet, dass meine Mutter als Serbin sehr wohl wusste, an welchem Tag sie fasten musste … unglaublich!

Das ist dann bis in ihr tiefes Alter so geblieben. Und, wenn sie mal aus Versehen an einem Dienstag auf ein Stück Fleisch gebissen hatte, war sie unglücklich bis zum Himmel.

Die Donauschwaben waren in unserer Gegend alle katholisch – aber die Mutter eine Serbin! Wie es mein Vater geschafft hat, eine arme, aber schöne Serbin zu heiraten, ist wiederum eine Geschichte für sich. Also, den Heiligen haben sie mir ausgesucht, vielleicht auch deswegen, weil die Serben in Vukovar ebenfalls den heiligen Antonius verehrten und gerne mit den Katholiken den *kirbaj*, also das Patronatsfest am 13. Juni, mitfeierten.

Ob ich auch noch in der Vukovarer Pfarrei des hl. Philippus und Jakobus registriert bin, muss ich noch, wegen der Glaubwürdigkeit meiner Erzählung, nachprüfen. Aber in der Familie wurde erzählt, dass der Vater im Vukovarer Kloster war, um mich registrieren zu lassen – weil wir doch in Vukovar wohnten – und da sein spezielles Erlebnis hatte.

Nur weiß ich nicht, ob sie Antun oder Tuna ausgesucht hatten, wie das so im Volk üblich war. Tuna nennen das Kind hauptsächlich die Kroaten, die Bosnier oder Dalmatier sagen Anto oder Ante. Anton nannte sich niemand in unserer Gegend.

Unsere Donauschwaben haben oft den Kindern kroatische Namen gegeben, weil sie ihre Abstammung nicht sehr heraushängen wollten. In der Generation meines Vaters nannte man die Kinder noch Franz, Rudolf oder Amalia.

Wir riefen sie später aber *striko* (Onkel) *Franjo, Rudi* (auch *Rudika*, mein Vater) oder *teta Malčika*.

Die Familiennamen blieben deutsch, wurden aber oft slawisiert. So war ich ein *Birger* und erst später, als wir in der achtjährigen Gesamtschule Deutsch als Fremdsprache lernten, wurde mir bewusst, woher die Familie meines Vaters stammte. In meinen Zeugnissen aus den 50iger Jahren, in dem damaligen sozialistischen Jugoslawien, steht *Birger* und erst später taucht *Bürger* auf.

Der gutmütige Franziskanerpater (Franziskaner betreuen Vukovar und Umgebung schon seit Jahrhunderten und insbesondere in den Zeiten der osmanischen Besatzung und dann wieder in den Zeiten nach dem zweiten Weltkrieg …), er freute sich natürlich, das Kind mit dem heiligen Namen zu registrieren, zumal ein größerer Altar in der Kirche dem Heiligen von Padua geweiht ist.

Aber da fing das Durcheinander gerade an. Der gottesfürchtige Franziskaner, treu seinem Papst in Rom, wollte den Namen so „wie der Herrgott es will" (so sagen es die Kroaten), d. h. richtig, geschrieben haben. Und da hat er, möglicherweise, einen Fehler gemacht.

In meinem Taufschein aus Osijek steht Antonio und dann erscheint in einigen Zeugnissen aus der Schule auch Anton**ij**o!

In den deutschen Papieren verschwindet diese „j" aber alle wissen es, ein Antonio kann nur ein Italiener oder Spanier sein.

So schlage ich mich mein Lebtag mit diesem Namen herum und habe ihn nie verinnerlicht. Immer muss ich irgendetwas erklären …

Sogar meine Eltern haben mich nie so genannt. Nach einer Legende in unserer Familie hat meine Mutter während der Schwangerschaft „Die Buddenbrooks" von Thomas Mann gelesen. Ich werde in der Familie und im engeren Freundeskreis bis heute *Hano* gerufen.

Als mich dann ein Mädchen in der Schule in Deutschland „Toni" nannte, weil ihr Antonio einfach zu lang war, fand ich meine Identität.

Mit diesem Namen kann ich leben!

So, jetzt bin ich da ...

so ganz ohne Pomp und Fest, davon ist, jedenfalls, nichts überliefert ... nur eine andere Anekdote überlebte die Zeit:

Die Familie Bürger hatte wohl reichlich Geld in jener Zeit, Krieg hin, Krieg her – der war 1943 noch nicht so nahe. Jedenfalls kaufte mir mein Vater ein Akkordeon, wohl unmittelbar nach der Geburt und wurde dann spöttisch von der Verwandtschaft gefragt, ob er mir auch einen *Cigaršpic* gekauft hätte ...

Und das Akkordeon, das überlebte den Krieg, ich lernte in jungen Jahren spielen (vielleicht sogar beachtlich) und sollte, musste, jedem Besuch (und bei uns schneite immer wer mal auf einen Sprung ′rein) vorspielen! War das eine Qual! Ich hatte sehr wohl einiges an Musikalität, ich wäre vielleicht auch ein Musiker geworden, aber niemals Musikant. So verweigerte ich, in meinem pubertären Trotz, von Heut′ auf Morgen, das Instrument auch nur anzufassen.

Das Akkordeon aber, eine „Piakordia", kam mit nach Deutschland, blieb bei meinen Eltern und als ich, auch nach Jahrzehnten, nicht wieder dranging, wurde es noch tatsächlich verkauft und dann verliert sich die Spur.

Die Liebe zur Musik – fast unbewusst erfahren – wurzelte und blieb, mein Leblang, ein fester Bestandteil meines Lebensgefühls.

Ganz anders aber wurde die Geburt eines anderen Kindes gefeiert, ja zelebriert: Jesu Geburt, Weihnachten!

Das war in unserer Familie in Vukovar das größte Fest des Jahres. Natürlich, auch die Auferstehung unseres Herrn wurde gefeiert, mit eigenem Brauchtum, das auch meine eigene Familie in Deutschland bis heute so gerne pflegt.

Weihnachten war aber doch etwas Besonderes.

Schon am frühen Nachmittag wurde der Christbaum geschmückt, mit wenigen Kugeln (wahrscheinlich noch aus Vorkriegsbeständen der Familie), mit Salonbonbons und über die Äste des Tannenbaums verteilte Watte als Schnee. … an Lametta kann ich mich nicht erinnern.
Als Salonbonbons mussten Zuckerwürfel herhalten, gewickelt in feines, weißes Papier – an den Rändern mit der Schere ausgefranst und noch mit (doch wirklich) farbigem Stanniolpapier umwickelt.

Unter dem Baum die Geschenke … die Puppe für meine Schwester *Ljerka* (heute heißt sie Lilly), die regelmäßig nach einigen Tagen spurlos verschwunden war, um ein Jahr später wieder aufzutauchen.
Ich bekam einen Truppentransporter der Wehrmacht – seltsamerweise nach oben offen, also ein Cabrio. Mit behelmten Soldaten (acht oder neun Stück), die in ihren Sitzen hockten und herausnehmbar waren. Zu meinem Leidwesen behielten sie dann ihre Sitzhaltung, waren also für die Kämpfe, die ich mir ausdachte, weniger geeignet.

Der Kampfwagen zog hinter sich eine Kanone, die tatsächlich ein Streichholz einige Zentimeter weit schießen konnte. Der Kampfwagen aus Blech, die Soldaten aus Gips, alles originalgetreu dargestellt – nur an Hakenkreuze kann ich mich nicht erinnern.
Natürlich durfte das niemand außerhalb des Hauses sehen … im Nachbarhaus wohnte eine serbische Familie, auch alteingesessene Vukovarer; und der Vater war einer der wenigen Kampfpiloten der Partisanen!
Auch die Kampfformation der Wehrmacht verschwand nach wenigen Tagen …

Dann eine kurze Andacht, Gebet und der Karpfen!
                    Der steht gleich zum Nachkochen in dem Buch.

Die Zubereitung des Weihnachtskarpfens war ausschließlich Vaters Aufgabe, Vorrecht und Berufung, der er sich mit Hingabe widmete. Das trifft auch für mich zu. Mit einem Unterschied: ich mache ein ganzes Buch daraus.

Und unser Sohn Markus kocht auch: Männersache, versteht sich!

Nach dem Festmahl ging es in die mitternächtliche Christmette, *polnočka*, mitunter im kniehohen Schnee. Auf jeden Fall kalt und die Messe dauerte … gut und gerne bis nach zwei Uhr in der Nacht.
Wie wir das schafften am gleichen Tag, wahrscheinlich schon um 10 Uhr, im Weihnachtsgottesdienst zu sein, weiß ich nicht mehr.
Nach dem Gottesdienst ging es zu der Verwandtschaft, um Frohe Weihnachten zu wünschen. Zuerst zu Tante *Vikica* und Onkel *Anto*, die mit ihren Kindern ganz in der Nähe der Kirche wohnten. Cousin *Nikola* und Cousine *Dubravka*, etwas älter als meine Schwester und ich, waren liebe Spielkameraden und immer ausgesprochen umsichtig mit uns, den Kleineren.
Zu Tante *Malči* und zu Tante *Katica* (deren Mann im Partisanen-KZ umgekommen war) und ihren zwei Kindern (*Mišo* und *Đurđa*) war es auch nicht weit. Das waren wahrscheinlich keine sehr ausgedehnten Besuche. Dann aber noch zu der Familie *Golek*, das war noch eine gute halbe Stunde zu laufen. Die *Goleks* waren die Trauzeugen der Eltern. Aber auch hier schlug der Krieg bitter zu: Der Familienvater, ein glühender Kroatenpatriot, wurde eines nachts, nach der Machtergreifung, von einem Partisanenkommando abgeholt und seitdem fehlt jede Spur, wo er abgeblieben ist.
Aber *kuma Emica* und ihre alte Mutter konnten die besten Kuchen backen, an die ich mich erinnern kann, obwohl unsere Mutter sicherlich auch sehr gut darin war. Es waren kleine Küchelchen, nicht unbedingt mit den deutschen Plätzchen vergleichbar, aber genauso vielfältig und fantastisch edel und fein im Geschmack!
Was die Alten so viel zu bereden hatten, entzog sich meiner Schwester und mir. Jedenfalls zog sich das hin … meine Schwester malte vom Kuchenteller, mit feinsten Strichen, originalgetreu, eine Blüte ab und die

üppige Kuchenplatte wies zum Schluss, mir zugewandt, ein deutliches, leeres Segment auf – nicht ganz die Hälfte vom Teller …
Wann wir zu Hause eintrudelten, weiß ich nicht mehr. Die Mutter, die als orthodoxe Serbin, höchst selten zu katholischen Gottesdiensten mitkam und auch selten die Schwestern vom Vater besuchte, kochte das Mittagessen … obligatorisch eine Gans oder Ente … sie wartete auf uns…

… und nun zurück zum Karpfen,
der übrigens bis heute ein festliches Ritual in unserer Ingelheimer Familie ist, wo sich unsere Kinder, jetzt mit eigenen Kindern, ein übers andere Jahr, einfinden und es sich trefflich schmecken lassen … auch wenn sie sich davor die Weihnachtsgeschichte, die meine Frau vorliest, anhören dürfen.

Heiligabendgericht aus Vukovar, Ostslawonien/ Kroatien

In Ostslawonien, Kroatien, und vielleicht auch anderswo, gibt es an Heiligabend den Karpfen.
Nach alter katholischer Überlieferung nämlich, wird die Adventszeit auch stückweit als Fastenzeit aufgefasst. So erwarten die frommen Menschen in aller Bescheidenheit und Einkehr, die durch das Fasten geprägt wird, die Ankunft des Kindes. Auch Heiligabend gilt somit als Fastentag, denn erst nach der Geburt des Kindes wird mit einem Fleischbraten gefeiert. Folglich darf bestenfalls ein Fisch an diesem Abend auf den Tisch. Man muss sich schließlich vor dem Aufbruch zu der mitternächtlichen Christmette doch stärken!

Dass dieser Fisch am „*badnjak*", das südslawische Wort für Heiligabend, in Ostslawonien alles anderes als ein karges Mahl ist, versteht sich aus der katholischer Prägung der Kroaten, so wie der Donauschwaben (zu denen ich mich auch zähle) oder Ungarn in dieser Region.

Übrigens sind die orthodoxen Serben keinesfalls weniger sinnesfreudig als die Kroaten, allerdings feiern sie ihren *badnjak*, nach dem Julianischen Kalender, 14 Tage später, wenn die Katholiken und Protestanten die Heiligen Drei Könige zum Kind begleiten.

Und so präsentiert sich der Karpfen als ein köstliches Mahl, schwimmend im knusprigen Reis mit feinem Zwiebelgeschmack, Rieslingaroma und deutlich paprikascharf gewürzt.

Eine Besonderheit dieses Gerichts stellt die „Milch" vom männlichen Karpfen und, mit Abstand, der „Roggen" des Weibchens dar. Eingebettet im Reis geschmort nehmen die Milch oder Roggen die Gewürze an und schmecken köstlich mit einem Stückchen Weißbrot.
Aber wer hat schon die Gelegenheit einen Karpfen direkt aus dem Teich zu bekommen, ihn selbst auszunehmen und so an diese Köstlichkeit heranzukommen?

Ach ja, noch ein Nachsatz ... warum zum Fisch Wein gereicht wird??? In Vukovar sagt man: sonst könnte der Fisch denken, ein Hund hätte ihn gefressen!
Das kann man doch dem Fisch nicht antun.

Heiligabend-Karpfen auf Reis (nach vukovarer Art)

Zutaten:

>1,5 kg Karpfen
>750 g Zwiebeln
>100 + 50 ml Speiseöl
>300 g Langkornreis
>Salz, scharfes Paprikapulver

Zubereitung:

Die Zwiebeln werden in Scheiben geschnitten und mit 100 ml Öl und etwas Salz in einem Schnellkochtopf etwa 10 Minuten gedünstet und bis der Druck abfällt, stehen gelassen.

Anschließend wird der Reis eingerührt, im Schnellkochtopf aufgekocht und bis der Druck abfällt, stehen gelassen. Die Mischung wird mit Paprika und Salz abgeschmeckt und flach auf einem Backblech ausgebreitet.

Während dieser Vorbereitung wird der Karpfen ausgenommen (falls erforderlich), von Schuppen befreit und die Kiemen herausgenommen. Der Karpfen muss mehrmals gründlich mit warmen Wasser gewaschen werden, wobei sich der auf der Haut bildende Schleim mit einem Messer abgeschabt wird. Falls eine Suppe gekocht werden soll, wird der Kopf vom Rumpf abgetrennt.

Der gewaschene Karpfen wird mit Salz und Paprika innen und außen gewürzt, wobei das Fleisch in Grätenrichtung mehrmals eingeschnitten wird, so dass die Gewürze besser aufgenommen werden.

Der Karpfen wird anschließend auf einem Backblech in eine Mulde im Reis gelegt und im Backofen bei mittlerer Hitze etwa 30 bis 45 Minuten gegart.

Während der Garzeit wird der Reis gelegentlich etwas durchgerührt, falls erforderlich, nachgewürzt und der Karpfen mit dem restlichen Öl, gewürzt mit etwas Salz und Paprika, überpinselt. Wenn sich gegen Ende der Garzeit das Öl im Backblech absetzt, wird der Karpfen mit diesem Öl übergossen.

Der Reis soll am Ende der Garzeit körnig sein und die Karpfenhaut einen knusprigen Überzug bekommen (eventuell kann für wenige Minuten die Oberhitze im Backofen eingeschaltet werden).

Gegen Ende der Garzeit wird etwas trockener Riesling in den Reis eingerührt.

Zum Karpfen wird roher Krautsalat (weiß oder auch rot) und ein leichter, trockener Weißwein, vorzugsweise ein heuriger *Graševina* (in Österreich *Welschriesling*) aus *Ilok* (Kroatien) gereicht. Je nach Geschmack kann hierzu auch ein trockener Spätburgunder getrunken werden.

Vorbereitung und Garzeit etwa 2 Stunden.

Donaufisch/Süßwasserfisch

Da wir schon bei **Donaufisch** sind (**Süßwasserfisch** also), will ich den von mir hochverehrten, kroatischen Schriftsteller *Pavao Pavličić* zu Wort kommen lassen. So gerne wie ich die bekanntesten Gerichte, die ich in meinem Elternhaus und aus dem Donaudreieck kennengelernt habe, nachgekocht und in meine Sammlung aufgenommen habe, eines fehlt mir: Der *Fišpaprikaš*!

Erstens habe ich nie die Gelegenheit dazu bekommen, ihn in Vukovar zuzubereiten und in Deutschland fehlt mir die Vielfalt der Fische, die dazu benötigt wird und dann … halt die Frische (siehe die Anekdote weiter unten).

Aber wenn ich in Vukovar in einem guten Lokal den *fiš* serviert bekomme oder gar in *Vardarac/Baranja* im rußgeschwärzten Kesselchen, mit selbstgemachten Nudeln, die so „lebendig" sind, dass sie unweigerlich von der Gabel in den Teller flutschen und nie wieder auszuwaschende Paprikaflecken auf dem Hemd hinterlassen (in *Vardarac* bekommt man deswegen ein Lätzchen umgehängt) ist das für mich ein kulinarischer Hochgenuss!

Und dann guckt *Dražen*, der Sohn meiner Cousine aus Osijek, der in dem Lokal gut bekannt ist und auch den *fiš* für uns bestellt hatte, in das Kesselchen und stellt zufrieden fest: lauter Hufeisen! Da musste ich erst kurz nachdenken, bis der Groschen fiel. Soll also heißen, kein Kopf oder Fischschwanz in der Suppe, nur Mittelstücke – das Beste vom Besten! Und wenn ein spritziger, heuriger *Graševina* dabei ist ... Himmel auf Erden!

Nun lasse ich den Poeten in Prosa sprechen, nicht ohne die angekündigte (vielleicht auch etwas boshafte) Anekdote dazwischenzuschieben:

Diese sollte meine Vorliebe für den Donaufisch ausdrücken und die See-fische in, na ja, nicht gerade gutem Licht erscheinen lassen ...

Immerhin hat der Seefisch, auch frisch gefangen, einen deutlich stärke-ren, typischen Fischgeruch an sich, als der Süßwasserfisch ... Das muss man mögen.

Jedenfalls, konnte ich damit meine Bekannten aus Dalmatien und alle, die den Seefisch lieben, trefflich ärgern …

Wenn in Vukovar so viel Fisch gefangen wurde, so dass man ihn nicht verkaufen konnte, legte man ihn drei Tage lang in die Sonne und brachte ihn als fangfrischen Seefisch unter die Leute!

Buuuuuh …!

Ja, das war eindeutig eine Falschmeldung, ein *Fake News*, wie das heute so heißt. Das mache ich schon seit vielen Jahren. Erzählen tue ich die Geschichtchen mit vollem Ernst und wer mich nicht kennt, könnte geneigt sein, sie zu glauben.

Dass sowas einmal die richtig treffende Bezeichnung *Fake News* be-kommen sollte, konnte ich nicht ahnen. Noch viel weniger konnte ich annehmen, dass meine Spielchen einen so gewichtigen Nachahmer fin-den sollten. Den wählen die Amis sogar in ihr höchstes Staatsamt. Fast ein zweites Mal noch!

Ob er sich das wirklich bei mir abgeguckt hat, weiß ich nicht. Aber die Amis spionieren gar alles, bis in die geheimsten Gedanken eines Men-schen und sei er noch so unbedeutend. Es muss nur die Aussicht haben: damit lässt sich viel Geld verdienen.

Berührung mit Vukovar, Donau und dem *fiš*

Einleitung und Übertragung aus dem Kroatischen von Toni Bürger,
Vukovar/ Ingelheim

Es gibt Dinge, die sind einfach einmalig! Auch mit der Einschränkung, einmalig schon, aber nur in einem ganz engen Rahmen und auch nur ganz wenigen Leuten zugänglich, wohl auch kaum darüber hinaus von Bedeutung.
Solche Bescheidenheit ist den Bewohnern von Vukovar eigen, wohl ihrer Provinzialität bewusst! Umso schöner können die begeisterten Schilderungen dieser provinziellen Einmaligkeit werden, wenn schon mal ein Vukovarer, wie *Pavao Pavličić*, über seine Stadt zu erzählen anfängt. Auch wenn er sich seiner durchaus nicht ganz so sicher ist, wie er das so treffend beschreibt:

Gelegentlich war es mir, als gäbe es in Vukovar nichts Besonderes und dass das Geschehen der Geschichten, die ich mir ausgedacht hatte, ebenso wo anders passiert sein könnten. Dann habe ich nachgedacht, habe mich deswegen geärgert: irgendwie traf es sich, dass den Leuten jene Geschichten am besten gefielen, die am meisten von Vukovar handelten, jene also, in denen ich so „lokal" war, dass ich meinte, die kann nur ein Vukovarer verstehen. Immer wieder zeigte es sich, dass diese Geschichten auch am universellsten waren. Da habe ich mir von neuem vorgenommen, weiterhin im Geschehen in Vukovar zu graben, wenn auch wegen nichts anderem, als dass ich für mich selbst kläre, was an Vukovar so besonders ist.

So entdeckte ich in *Pavao Pavličić's* Buch „DUNAV", P.S. Vukovarske razglednice - „DONAU", P.S. Ansichtskarten aus Vukovar - inmitten grandioser Bilder, liebestrunkener Liebeserklärung an die Donau, an Vukovar (gelegen irgendwo in Ostslawonien, Kroatien, aber eben an der Donau) einen Hymnus, ein Poem, ein Gedicht - Poesie, ohne einen einzigen sich reimenden Vers über *fišpaprikaš*!

Und ich hätte diesen Hymnus so gerne selber geschrieben – wäre vielleicht gar nicht so viel anders ausgefallen - so sehr kann auch ich mich an Vukovar an der Donau und natürlich am *fiš* begeistern. Es ist also nicht aus meiner Feder, das Original, aber die Übertragung ins Deutsche, die gönne ich mir!
Es geht also um den *fišpaprikaš*, so wie er an der Donau zubereitet, erlebt, gelebt, ja zelebriert wird. Es ist fast ein Kult, der zu der liebeswerten Vermessenheit einer *fišijade** getrieben wird - das habe ich bei einer anderen Gelegenheit beschrieben.

Ja, und wie überträgt man einen solchen Hymnus in eine andere Sprache? Mit all der Begeisterung des Erzählers und des Übersetzers, die mit einem durchzugehen droht! Sie sind fast gleichaltrig, beide in Vukovar aufgewachsen, jedoch früh fortgegangen und nur gelegentlich wieder zurückgekommen. Und nie eine Loslösung geschafft, selbst wenn sie diese gewollt hätten. Wie übersetzt man etwas, was es nur in Vukovar an der Donau zu spüren gibt, so dass sich der geneigte Leser in einer fremden Sprache berührt fühlt?
Dass es das nur in Vukovar gibt, muss man freilich relativieren, überall gibt es Schönheiten, große Begebenheiten, Feste, Spezialitäten und Weine. Es gilt also die Begeisterung der Berührung mit der Donau in einer anderen Sprache wiederzugeben.

Ich versuche es unter anderem auch, in dem ich einige Ausdrücke in ihrer Original-Schreibweise (kursiv) übernehme, wohl mit einem * versehen und mit dem Versuch, am Ende dieser Übersetzung mich auf einige Erklärungen einzulassen. Wohlwissend, dass sich selbst ausgekochte Linguisten auf einen glitschigen Pfad begeben, wollten sie die farbprächtigen Ausdrücke, die in Vukovar benutzt werden, auf ihre Herkunft deuten.

Ich schöpfe auch aus eigenem Erleben, vielen Ausflügen als Pennäler mit Booten auf der Donau, mit meinen Klassenkameraden und den dazugehörigen Mädchen. Als wir fremde Reusen geleert hatten, um den Fisch für den *fiš* zu bekommen (aber sehr wohl die Stöcke danach so gesteckt, dass sich die Reusen wieder füllen konnten!), die Fische in dem Donauwasser gewaschen, geschuppt, ausgenommen und ab in den Kessel. Und in der Zwischenzeit, bis der *fiš* so weit war, junge Maiskolben im benachbarten Ried auf den Feldern geholt und auf dem Feuer geröstet - denn Wein und Bier waren in dieser Zeit noch kein Thema für uns.

Und dann der *fiš*!

Auszug aus der Beschreibung der Donau im Monat September:

Einen Tag im September sollte man auf jeden Fall dem fišpaprikaš*, der an der Donau liebevoll fiš* genannt wird, widmen. Den fiš kann man in einem Lokal bestellen oder auch eigenhändig zubereiten – doch gibt es drei Dinge, ohne die der fiš nicht möglich ist. Das sind das kupferne Kesselchen, Weißwein und gute Gesellschaft. Obwohl die Zubereitung von fiš Kunst, Wissenschaft und sportliche Disziplin ist, für den gewöhnlichen Menschen ist das Dritte am wichtigsten, nämlich die Gesellschaft.

Mit dieser Gesellschaft sollte man sich ein schönes, einsames Plätzchen am Donauufer aussuchen, wo genügend Sand, Gras und

Schatten, aber auch trockenes Holz für das Feuer zu finden sind. Dort sollte man sich hinsetzen und die Füße in die Donau tunken, nicht ohne vorher die Hosenbeine hochgekrempelt zu haben; das Baden ist nicht empfehlenswert, davon wird der Mensch müde, hungrig, so dass ihn der Wein schnell benebelt und er das alles nicht mehr so recht genießen kann. Dann sollte man sich so bequem, wie möglich hinsetzen, entweder ins Gras oder an einen wackligen Tisch eines unscheinbaren Lokals, von dem Sie sicher sind, dass hier ein ehemaliger Fischer einen berühmten *fiš* zubereitet. Man soll zwei/drei Schnäpse trinken, am besten dudovača*, den Maulbeerschnaps, den es um diese Jahreszeit reichlich gibt. Der ist freilich ein wenig süßlich und wenn Sie davon zu viel trinken, werden Sie sich wie ein Huhn fühlen. Aber in Maßen genossen, ist er ausgezeichnet und ergänzt mit seinem Aroma sehr schön die Donaustimmung. Dabei sollte man plaudern und warten, während der Wirt oder ein kompetentes Mitglied der Gesellschaft den *fiš* zubereitet. Wenn er es verlangt, sollte man ihm zu Hand gehen: Holz herbeischaffen, das Feuer schüren, die Zwiebeln schneiden oder etwas, was vielleicht vergessen wurde, besorgen.

Der *fiš* wird im September gegessen, weil man dann noch angenehm draußen sitzen und Wein trinken kann ohne die Gefahren der sommerlichen Hitze. Früher haben die Wirte den *fiš* nie im Sommer zubereitet, überhaupt keine Fische, denn zum Fisch geht Wein*. Angeboten wurden Speisen, zu denen man Bier trank. Die Septemberluft ist außerdem eine gute Würze zum *fiš*, das weiß jener Freund, der sich geschäftig, mit hochgekrempelten Hemdsärmeln und Hosenbeinen, am Kesselchen zu schaffen macht, geschickt und flink, wie eine richtige Hausfrau. Ansonsten kann er daheim nicht einmal ein Spiegelei backen, alles lässt er sich von seiner Frau zutragen, sogar den Kaffee – und hier, wie ein Drache!
Schauen Sie, wie er arbeitet, das öffnet Ihnen den Appetit. Außerdem ist dieses Zuschauen eines der vielen, unentbehrlichen Gewürze.

Sehen Sie zu, wie er zuerst sein kupfernes Kesselchen von sechs/sieben Liter aufstellt, schwarz von außen und blitzeblank innen, wie er ihn auf dem Dreibein über das Feuer aufhängt, wie er fachmännisch das Feuer schürt, gibt ihm die erforderliche Kraft, nachdem er bereits das Wasser hineingeschüttet hatte.

Das Wasser kann aus der Donau kommen, und überhaupt, am besten eben ist das Donauwasser. Die Fische werden darin besser gekocht, fühlen sich wie daheim.

Aufnahme:
Milan Stepanović, Portal „Ravnoplov"
Fišpaprikaš-Zubereitung bei Bezdan, Vojvodina

Verwendet werden verschiedene Fischsorten, das ist wichtig. Da ist der kräftige und dürre Hecht, muskulöser Zander, da ist auch der rundliche, sympathische kleine Karpfen, kleiner Wels (höchstens dreiviertel Kilo, ansonsten ist er zu fett), kostbarer Stör und kleine Fische, wie Weißfisch und Brachse. Die Kleinfische werden zuerst gekocht, danach der Sud abgegossen (er wird nicht verwendet). Das Kleinzeug wird zerdrückt und dient als Fond für die Hauptsuppe.

*Die Fische werden mit einem großen, dicken Messer geschuppt, anschließend mit einem kleineren. Die Schuppen und die Innereien müssen gründlich entfernt werden. Das ist für den **fiš** besonders wichtig. Ansonsten kann man den Donaufisch auch im Schlamm wälzen, in die Glut werfen und erst wenn er gebraten ist, den Schlamm und die Innereien entfernen. Aber für den **fiš** muss der Fisch gut gereinigt werden, nicht ohne dass man sich zuvor vergewissert hat, dass der Fisch auch frisch ist. Das sieht man an den satt rotgefärbten Kiemen.*

*Der Fisch wird, bis zu den Knöcheln im Donauwasser hockend, geputzt. So bekommt der Fluss teilweise zurück, was ihm gehört. Schauen Sie zu, wie Ihr Freund den Fisch in das kochende (nach manchen Rezepten auch in das kalte) Wasser legt. Achten Sie darauf, wie er das macht, wie seine Bewegungen dabei feierlich und elegant wirken. Sie werden merken, dass sich seine Lippen hierbei etwas bewegen; allerdings sitzen Sie etwas zu weit, um zu hören ob er nur ein Liedchen summt, oder irgendwelche Beschwörungsformeln murmelt. Am besten Sie glauben das zweite davon. Es darf Ihnen nicht entgehen, wie er den **fiš** würzt: mit Pfeffer, Lorbeerblatt, Salz, Paprikapulver, Tomaten, Zwiebel und vielem anderen. Sie müssen sich das nicht so genau ansehen, um sich eventuell das Rezept zu merken (dieses wird Ihnen Ihr Freund sehr gerne geben und, obwohl es sehr genau und ausführlich sein wird, es nutzt Ihnen nichts: wenn sie selber den ersten Versuch machen sollten, den **fiš** zuzubereiten, wird etwas trauriges, kaum genießbares dabei he-*

rauskommen) sondern weil es hierbei um sehr präzise und sehr verant-
wortungsvolle Handlungen geht.

*Denn, davon, dass man in den **fiš** im richtigen Augenblick etwas hinein-*
gibt, hängt praktisch alles ab. Solche Augenblicke gibt es viele und sie
sind nicht mit den üblichen Methoden der Zeitmessung bestimmbar.
*Nichts gewinnen Sie damit, dass Ihnen jemand sagt, wie Sie den **fiš** so*
und so viel Minuten köcheln lassen müssen und dass Sie dann so und so
viel von dem und jenem hineingeben sollen. Denn wann etwas zugege-
*ben werden soll, sieht man am Aussehen vom **fiš**, an der Farbe, am Ge-*
ruch, Größe der Blasen an der Oberfläche und daran, wie der Fisch in
*der Suppe aussieht. Besonders wichtig ist es, wann Essig in den **fiš** ge-*
geben wird, denn der Fisch bleibt in dem Zustand, behält die Festigkeit,
die er in diesem Augenblick hatte. Und das sieht und versteht nur ein
Mensch mit viel Erfahrung, sogar nur ein Mensch mit Talent. Er muss
*den **fiš** nicht einmal kosten, obwohl er in seiner Hand einen großen*
Kochlöffel hält. Die Augen und die Nase sind ihm völlig ausreichend.

Von Zeit zu Zeit wird er sein Werk sich selbst überlassen, soll es
zurechtkommen wie es gerade weiß und kann, wird sich zu der Gesell-
schaft begeben, einen dudovača trinken. Fragen, die ihm gestellt wer-
den, beantworten und im Voraus seinen abschließenden Triumph
genießen. Er wird nicht auf die Einzelheiten der Zubereitung eingehen,
wird sich nicht über die schlechte Qualität der Fische beklagen, wird
nicht im Voraus behaupten, dass das Essen gut oder schlecht sein werde,
sondern er wird 'was zu dem Holz unter dem Kesselchen anmerken, wird
etwas zu der Schärfe des Paprikapulvers sagen (dem horgoška*, davon
muss man scharfen und den süßen verwenden). Dann wird er zu seinem
Kesselchen zurückkehren und Sie schauen ihm zu, wie er herumgeht, mit
dem Kopf im Dampf wie Pythia.

Am besten, Sie fragen nichts mehr und erzählen nicht zu viel. Und
wenn Sie reden, lassen Sie die überschwänglichen Ausrufe, wie schön

doch die Donau sei, wie angenehm die Gesellschaft und die Atmosphäre und am allerwenigsten, welch eine hohe Kunst doch die Zubereitung von *fiš* sei.

Vermeiden Sie auch die tiefsinnigen Fachgespräche und vor allem die stupiden Debatten über die Politik und die wirtschaftliche Lage. Sprechen Sie irgendetwas gewöhnliches, davon, was Sie im Urlaub erlebt hatten, erzählen Sie von Ihren Kindern (oder von Ihren Eltern, wenn sie zu den Jüngeren gehören), kommentieren Sie die vorbeifahrenden Schiffe. Trinken Sie auch nicht zu viel, damit Ihnen die Zunge nicht hart wird, auch wenn es Ihnen noch so schmeckt.

Sie werden dann überrascht feststellen, dass der Freund das Kesselchen vom Feuer nimmt und jemandem aus der Gesellschaft Zeichen gibt, die Teller vorzubereiten. Erst wenn er das Kesselchen hinstellt (wobei er den Henkel mit einem Lappen oder einem Taschentuch anfasst, denn dieser ist heiß), wird er den großen Holzlöffel nehmen, etwas Suppe fassen und kosten. Er wird mit dem Kopf nicken, aber bescheiden schweigen. Wenn Sie ihn fragen, wie sie wohl schmecken möge, wird er nur sagen, er denke, sie sei in Ordnung. Indes werden die Teller verteilt sein, irgendjemand hat das Brot* aufgeschnitten, am besten das runde, von zwei Kilo mit den großen Löchern. Man soll es nach Bauernart schneiden, dick und rund über die ganze Breite. Jeder bekommt dann einen Löffel, denn ein anderes Gerät wird nicht benötigt und man wartet auf seine Portion *fiš*.

Der *fiš* wird hierarchisch verteilt. Wenn ein besonders angesehener Gast anwesend ist, hat er den Vorrang. Ansonsten, ohne auf das Alter zu achten, Ansehen oder gesellschaftliche Stellung, schöpft man jenem Mitglied der Gesellschaft zuerst, von dem man meint, er würde am besten wissen, was *fiš* ist und die Donau am besten kennen. Er bekommt das beste Stück Fisch und alle werden auf sein Urteil warten. Oft ist dieser selber ein noch größerer Meister, als der, der heute gekocht hatte, aber er hat ihm den Vorrang gelassen, damit er zeigen möge, was er könne.

Deswegen wird seine Meinung ungeduldig erwartet. Dieser wird mit seinem Löffel etwas Suppe in den Mund nehmen, schmatzen und schlürfen, wie die Weinkenner es tun. Er wird sagen: „Gut", „Etwas zu scharf", „Ausgezeichnet" oder etwas in diesem Sinne. Dann wird er auch noch ein Stück Brot in die Suppe tunken, hineinbeißen und schmatzen. Zum Schluss wird er zufrieden nicken.

*Dann wird der **fiš** allen verteilt. Jeder wird gefragt, was er am liebsten esse, man wird jedoch versuchen, jedem von jeder Sorte Fisch etwas zu geben. Schöpfen tut nur der Koch eigenhändig (keinesfalls ein jeder sich selbst) denn er weiß am besten wo was ist. Wenn Sie Ihren Teller bekommen, werfen Sie zuerst einen Blick der Donau zu und dem Wald auf dem anderen Ufer und Sie stellen fest, dass die Farbe vom **fiš** jener der bunten Blätter ähnelt. Dann kosten Sie.*

*Der **fiš** ist scharf, ohne das geht es nicht. Deswegen werden dazu breite, nicht ganz lange und flache, selbstgemachte Nudeln gegessen, die die Schärfe neutralisieren und die Suppe aufsaugen. Wenn es sie nicht gibt ist auch das Brot gut. Wegen der Schärfe wird es auch so reichlich aufgetischt. Schämen Sie sich nicht, damit den Teller auszuwischen, das ist ganz natürlich. Tun Sie nicht aufschreien, wenn Ihnen die Schärfe die Zunge verbrennt, hecheln Sie nicht und rollen Sie nicht wie wild mit den Augen. Trinken Sie lieber etwas von dem Weißwein von Fruška Gora*, der inzwischen in der Donau kühl gehalten wurde. Sofort werden Sie feststellen, wie die beiden zueinander passen. Essen Sie ruhig weiter.*

Die Schärfe ist nur der erste Eindruck. Schnell bekommen Sie Schweißperlen auf die Stirn, aber das werden Sie bald nicht mehr wahrnehmen. Wahrnehmen werden Sie den Geschmack vom Fisch, durchsetzt mit den Gewürzen, den Gesang des Pfeffers, Lorbeers, Paprika, des Welses, Zanders und des Hechts, des Donauwassers und der Donauluft.

Genießen werden Sie nicht so sehr das Essen (denn Sie sind nicht der Mensch, der wegen Nahrung in Begeisterung ausbricht), vielmehr wie das alles so gut zusammenpasst, die Harmonie, jede Sache für sich, einzeln und zusammengefügt, wie in einem Regenbogen oder eben im Monat September.

Essen Sie und trinken Sie. Nach einigen Löffeln fišsupa* können Sie so viel Wein trinken, wie sie möchten. Es besteht keine Gefahr, dass Sie Ihren Gaumen ruinieren, auch nicht dass Sie betrunken werden, denn die Schärfe treibt alles 'raus.
*Schämen Sie sich nicht, das Fischfleisch mit dem Löffel und einem Stückchen Brot oder mit Fingern von den Gräten zu trennen. Wischen Sie sich den Mund ab, wenn Ihnen die Suppe am Kinn rinnt und machen Sie keine Panik, wenn etwas auf die Hose tropft: denn was ist eine Hose, verglichen mit dem **fiš**! Und im Übrigen, je mehr Sie essen, desto mehr werden Sie trinken, da wird es Ihnen ohnehin egal sein um die Hose und sonst noch 'was. Übertreiben Sie nicht mit den Komplimenten für den Koch, es genügt vollkommen, wenn Sie sagen, dass Sie noch nie im Leben etwas Besseres gegessen hatten.*

Wenn das Mahl beendet ist, wird man etwas schweigen, wie nach einem Konzert. Anschließend fangen die Späße an, lustige Begebenheiten werden erzählt. Jetzt lässt sich ernsthaft über Wirtschaft, Beruf oder politische Situation reden, sofern Sie es gewillt sind, aber wahrscheinlicher ist es, dass Sie dazu keine Lust mehr haben werden. Schauen Sie sich von Zeit zu Zeit die Donau an. Wegen dem Wein und allem anderen. Es wird Ihnen vorkommen, dass die Donau, rot von den sich darin spiegelnden Bäumen, ein großer, milder und scharfer fišpaprikaš ist.

Erklärungen der mit * versehenen Worte:

Fišpaprikaš:
Aussprache: das in vielen slawischen Schriften benutzte Zeichen „š"
entspricht dem deutschen „sch", also Fischpaprikasch.
Der *fišpaprikaš* ist die traditionelle Fischsuppe, wie sie im gesamten
südosteuropäischen Donaugebiet bekannt ist. In der slawischen Sprach-
region steckt darin das deutsche Wort *Fisch*. Dann kommt das Wort: Paprika, wobei hier das Paprikapulver gemeint ist.
Die Endung ist ungarisch und auch im Ungarischen geläufig. Der entsprechende ungarische Begriff „Halászlé" bedeutet eine Fischsuppe.
Im slawischen Sprachgebrauch, im Einflussbereich Ungarns, ist der
fišpaprikaš tatsächlich eine Suppe. Dagegen ist *paprikaš*, zubereitet mit
anderen Fleischsorten, stark eingekocht, also eher eine fette Sauce mit
größeren und kleineren Fleischstücken. Mit der Einfügung des Wortes
„*paprika*" sollte offenbar der Hinweis auf das Hauptgewürz dieser
Speise besonders herausgestellt werden.

fiš: Liebevolle Verkürzung des Wortes *fišpaprikaš*.

fišijade:
Eine ganz besondere Blüte ist das Wort *fišijade*, ist doch die Endung
dem Wort Olymp*iade* entliehen und mit fiš meint man eben die Fischsuppe. Das Ganze ist nicht etwa ein weltumfassendes Wettangeln, sondern ganz schlicht, ein Kochwettbewerb mit einem bescheidenen,
regionalen Charakter.

dudovača:
Aussprache: das in vielen slawischen Schriften benutzte Zeichen „č"
entspricht dem deutschen „tsch", also dudowatscha – „v" entspricht dem
deutschen „w", so auch die Aussprache des Städtenamens Vukovar:
Wukowar.

Dudovača ist der beliebte Maulbeerschnaps. Einige Maulbeerbäume wuchsen immer in den Weinbergen, mit weißen, violetten, dunkelblauen und überhaupt buntgescheckten Früchten. Diese sind nicht sehr groß, haben aber einen enormen Zuckergehalt, so dass sie, nach der Vergärung, einen hohen Alkoholgehalt ergeben. Das Aroma ist eher verhalten. Geerntet werden die kleinen, dicht hängenden Beeren, indem alle zwei Tage unter dem Baum eine Plane ausgelegt wird, ein flinkes Kind auf den Baum klettert und aus Leibeskräften schüttelt. Ein wahrer Platzregen von Früchten prasselt in die Plane und wird in eine Bütte zur Gärung ausgeleert. Natürlich hat man sich davon auch den Bauch vollgeschlagen, was in ein, spätestens zwei Stunden eine heftige Magen- und Darmtraktreinigung bewirkt. Schlecht wurde es davon niemanden.

zum Fisch geht Wein:
muss auch sein, denn, so sagt man in Vukovar, sonst könnte der Fisch denken, ein Hund hätte ihn gefressen!

horgoška:
Das Paprikapulver aus der Region um das ungarische Dorf Horgos (allerdings im Norden von Vojvodina gelegen) genießt offenbar einen besonders guten Ruf.

das **Brot***:*
Damit ist das berühmte, verbreitet in Südosteuropa gebackene, luftige Weißbrot gemeint. Das Brot ist so luftig, dass man es frisch wirklich nur in dicke Holzfällerscheiben schneiden kann. Am nächsten Tag bedarf es allerdings der kühlen, mitteleuropäischen Nüchternheit, um die vom Vortag übriggebliebenen Reste aufzubrauchen.

Weißwein von *Fruška Gora*:
Das ist die Hügelkette, die sich, beginnend in Vukovar entlang des rechten Donauufers bis nach Serbien hinein erstreckt. Auf dessen Hängen

gedeiht, unter anderem, ein schöner, schlichter Weißwein *Graševina* (anderswo auch *laški rizling, Welschriesling* genannt – eine aus Frankreich stammende, aber dort nicht mehr angebaute, Rebsorte), der als Heuriger hervorragend zum *fišpaprikaš* passt.

fišsupa:
Hier benutzt der Erzähler exakt das aus dem Deutschen übernommene Wort Fischsuppe, eben in der slawisierten Schreibweise.

Arbeit an dieser Übersetzung

Die Arbeit an dieser Übersetzung war ein Hochgefühl für mich! Einmal, weil ich es grandios finde, wie *Pavličić* diese Geschichte entwickelt und dann das Wagnis, sie, mit der gleichen Begeisterung, ja Euphorie des Autors in einer anderen Sprache auszudrücken. Als ich so weit war, nahm ich Kontakt zu Herrn *Pavličić* auf, schickte ihm die Arbeit und bat um die Erlaubnis, die Übersetzung zu veröffentlichen. Ich bekam eine sehr freundliche Rückmeldung (einschließlich der Genehmigung) und allein, dass der Autor meine Bemerkung, warum man zum Fisch Wein trinke mit Spaß kommentierte, war mir eine Ehre. Die Geschichte wurde dann im vollen Umfang, das heißt auch mit der Erklärung vornweg, in „Mitteilungen der Donauschwaben", Wort für Wort übernommen.

Erst viel später bekam ich eine Übersetzung des gesamten Buches in die Hand … ich glaube die Übersetzerin hat nie, auch nicht die große Zehe, in die Donau getunkt, zumindest nicht in Vukovar.

Das Übersetzen an sich ist eine unglaublich spannende Aufgabe. So die Aussage in einer Sprache in die andere zu übertragen, als dass die Übersetzung nichts vom Sinn verliert, auch nichts vom Charme der ursprünglichen Sprache und dennoch der anderen Seite so zu vermitteln, als wäre die Aussage in seinem Idiom getroffen worden, ist eine Hochkunst.

Wenn ich, was durchaus nicht selten vorkommt, bei Gesprächen zu vermitteln hatte, ist das für mich immer eine große Freude.

Schon 1969, als die „Internationalen Tage" in Ingelheim Jugoslawien zum Thema hatten, war ich sogar eine ganze Woche von meinem Arbeitgeber freigestellt und durfte mich überall nützlich machen. Die hochgelehrten Professoren aus Belgrad, die die Freskenausstellung in Ingelheimer Kirchen aufbauten, konnten kein Wort Deutsch!

Leider habe ich mit dem Übersetzen deutlich zu spät angefangen, als dass es hätte ernsthaft werden können … Aber gelegentlich packt mich der Ehrgeiz.

So, als ich in einer Übersetzung des Romans „Rod", zu Deutsch „Die unerhörte Geschichte meiner Familie", von *Miljenko Jergović*, die Aussage eines (ehemaligen) Jesuiten las: „ich küsse Gott" wusste ich sofort, das kann so im Original nicht gestanden haben … Das Buch in Kroatisch besorgt und siehe da: *ja ljubim Boga*! heißt es. Das kroatischen Wort *ljubiti* hat zum Inhalt, einmal: lieben (also sehr gern haben) aber auch „küssen".

Auch das deutsche Wort „lieben" hat noch einen anderen Inhalt als „gernhaben". Nicht auszudenken, wenn ein Übersetzer ins Kroatische „Gott lieben" mit dem zweiten Inhalt übertragen würde …

Die, ansonsten renommierte, Übersetzerin hat da einen gravierenden Fehler gemacht! ... Korrespondenz mit dem Verlag … ja es stimme, was ich angemerkt habe, aber Berichtigung …?

Und damit ich den Leser nicht noch weiter mit meinen Anmerkungen ermüde, hier ein lustiges Gedichtchen, das mich schon seit meiner Kindheit begleitet.

… und wenn jemand Kroatisch kann (anbei auch das Original zum Vergleich) möchte prüfen, ob meine Übersetzung gelungen ist.

Wie das „u" entstand

Einst wollt´ ein kleines „i"
In der Straße špacirati*.
Auf dem Köpfchen ein schwarzes Käppchen,
Mit dem Füßchen klippa, klappa, kläppchen ...

Auch ein zweites kleines „i"
Ging gemütlich špacirati.
Auf dem Köpfchen ein schwarzes Käppchen,
Mit dem Füßchen klippa, klappa, kläppchen ...

So trafen sich das „i" und „i",
Wir gehen zusammen špacirati.
Sie reichten sich die Händchen,
Keck auf den Köpfchen die schwarzen Käppchen ...

Doch der Wind, das himmlisch´ Kind,
Blies hinweg die schwarzen Käppchen gar geschwind!
Und aus dieser Not entstand im Nu
Aus „i" und „i" ein kleines „u"!

Jelka Jantarić, etwa 1932
Aus dem Kroatischen: Toni Bürger, Vukovar/ Ober-Ingelheim

* *špacirati*: spazieren
… da sich spazieren auf „i" nicht reimt, klaut der Übersetzer das, von
den Kroaten selbst entliehene und slawisierte, Wort …
… und erwischt ein herrliches Vers- und Reimmaß!

Kako je postalo slovo „u"

Bilo jedno slovo »i«,
Pa je pošlo šetati.
Na glavi mu crna kapa,
Noškom stupa »klipa-klapa«.
Al i drugo slovo »i«
Pošlo malo šetati;
I u njega crna kapa,
Noškom stupa »klipa-klapa«.
Sastala se oba »i«,
Sad će skupa šetati.
Pružili si ručice,
Naherili kapice,
Al im vjetar, gle, otprhne
Obje male kape crne.
Sad je konac ovom zlu:
Od dva »i« je posto »u«! . . .

Da schon von der **Donau** die Rede war … der Fluss ist ein **Mythos**!

Na ja, wohl ein jeder Fluss wird von seinen Anwohnern gerne als Mythos bezeichnet, man denke bloß an den Rhein. Nun wohne ich weit länger unweit des Rheins (von Ober-Ingelheim bis zum Rhein sind es etwa fünf Kilometer), aber die Donau ist eben etwas anderes für mich geblieben. Allein der Geruch des Wassers, selbst in Zeiten, als es stark verschmutzt war, der Geruch ist einmalig.

Da habe ich schwimmen gelernt, die Ausflüge mit Schulkolleginnen und -kollegen, die mir, mit Engelsgeduld, beigebracht hatten, die *čiklja* gerade in Fahrt zu halten, … die ersten verstohlenen und glühenden Blicke nach den Mädchen …

So was bleibt hängen und der Fluss ist immer für eine Geschichte gut, man lese es bei *Pavličić* nach.

Dazu habe ich aber auch eine Geschichte, die muss ich unbedingt erzählen:

Wie kommt die Ziege heil über die Donau?

In den fernen, frühen Fünfzigern, des längst vergessenen 20. Jahrhunderts, pflegten uns die Lehrer in Vukovar eine knifflige Aufgabe zum Knobeln aufzutragen – heute würde man sagen: „Denksportaufgabe". Ganz überrascht war ich, als ich mal (2015!), diese Aufgabe einer jungen Dame, grad ´was über Zwanzig, gestellt hatte und sie kannte sie! Und sie ging irgendwo im entlegenen Saarland zur Schule; gar eine Bekannte aus Polen kannte die Aufgabe auch – bekam aber die Auflösung nicht hin! Sogar die ehrwürdige Wochenzeitschrift **Die Zeit** erhob das Rätsel 2020 in den Adelstand des Weltwissens!

Es war vielleicht in der fünften Klasse der „Achtjährigen Schule". In dem ehemaligen Jugoslawien, auch in Vukovar (die Stadt gehört heute zu Kroatien), hatten alle Schüler den gleichen Unterricht wie in einer Integrierten Gesamtschule. Übrigens, als Fremdsprachenunterricht wurde nur Deutsch angeboten!
Nach diesen acht Jahren konnte man weiter aufs Gymnasium gehen und nach weiteren vier Jahren das Abitur (Matura) machen. Nach acht Jahren in der „Achtjährigen" hatte man immerhin die kleine Matura. Dann konnte man in die Lehre gehen oder auf die Handelsschule. Weitere Möglichkeiten gab es auch.

Schlicht gesagt: ein Bauer sollte in seinem Boot, (dort sagt man *čiklja*) eine Ziege, Ladung Kohlköpfe und einen halbzahmen Wolf über die Donau bringen, ohne dass irgendetwas davon zu Schaden kommt. Er durfte bei der Überfahrt aber nur eine Sache im Boot haben, so war die Vorgabe, dies galt es zu lösen.

Würde er die Ziege mit dem Wolf zurücklassen, dieser könnte sie fressen. Sollten die Kohlköpfe mit der Ziege zurückbleiben, na das weiß man ja. Nur der Kohl hatte wohl keine Fressgelüste.

Es sollte also ausgeknobelt werden, wie stellt es der Bauer an, um all das unbeschadet über die Donau zu schaffen?

Wenn nicht zufällig ein *„Repetant"*, einer, der im letzten Schuljahr zwar durchgefallen, aber schlau genug war, um sich die Aufgabenlösung vom letzten Jahr zu merken (denn die *Repetanten* waren nicht unbedingt dämlich, eher unendlich faul) und sie verriet, rauchten die Köpfe bis in die Pause hinein.
Und die Geschichte kann man sich so vorstellen …

Vukovar liegt an der rechten Seite der Donau, ist ein mittleres Städtchen und ein Marktflecken. Bekannt auch dafür, weil dort die Schnaken so groß sind wie die Störche und so bissig, wie die Haifische – zumindest war das so in den „guten alten Zeiten" … heute wird auch dort gespritzt.

Jeden Mittwoch und, noch reichlicher, am Samstag bieten viele Bauern und Bäuerinnen ihre Produkte auf dem Markt, hier *pijaca* genannt, feil. Zwar hat Vukovar reichlich Landwirtschaft im Umland, aber die weite, fruchtbare Ebene auf der anderen Seite des Flusses, die *Bačka*, bietet fast noch besseres Gemüse und noch schöneres Obst an als diesseits der Donau. Die Wassermelonen!!!
Der Boden in *Bačka* wäre so fruchtbar, so besingt es der Liedermacher *Đorđe Balašević* in einer Ballade, *den musst du nicht wässern, nicht düngen und wenn du dort Hosenknöpfe aussäst, wächst 'was Gutes!*

Wie gesagt, in den frühen Fünfzigern des letzten Jahrhunderts, die noch sehr von der kommunistischen Propaganda gesättigt waren, funktionierte dieser üppige Markt noch recht gut. Die Leute hatten wenig Geld, aber die Preise richteten sich danach.

In der Sommerzeit zockelte ich, als zehn- oder zwölfjähriger Bub, mit einem einfachen Handkarren wenige Straßenecken weit zum Markt und kaufte für die Familie Wassermelonen. Fünf *Dinar* das Kilo und die waren durchaus 5 bis 10 kg schwer. Eine richtig reife und noch frische Melone herauszufinden war auch ein wenig Kunst. Immerhin türmten die Bauern Berge davon auf dem Markt auf. Als erstes musste man sich den Zapfen ansehen, mit dem die Melone an der Pflanze wuchs. War er welk, bedeutete es, dass die Melone vielleicht schon vor Wochen abgemacht wurde und nachgereift war. Sie hat dann schon die „Sichtprüfung" nicht bestanden, sie würde auch nicht schmecken.
Und dann klopft man die Melone mit dem Zeigefingerknöchel an. Eine frische klingt wie eine Kirchenglocke! Diese, oder auch mehrere, habe ich dann gekauft.
Daheim hatten wir einen Brunnen mit einem Aufbau, der wie ein Häuschen aussah, mit einer Walze und aufgewickeltem Seil, an dem ein Blecheimer hing. Bewegt wurde das Ganze mit einem großen Wagenrad. So schöpften wir unser Wasser, weniger zum Trinken (auch wenn das möglich war) denn eher zum Waschen (wenn das Zisternenwasser ausgegangen war) und Blumengießen. Zu der damaligen Zeit gab es schon öffentliche Zapfsäulen mit Trinkwasser, die auf Straßenkreuzungen postiert waren. Wir Kinder wurden dann zum „Wasserholen" mit Kannen und Eimern hingeschickt und schleppten das Nass, in jüngeren Jahren schon mühselig, nach Hause. Zum Glück hüpften immer einige Nachbarkinder in der Gasse herum, so dass die Erholungspausen nie langweilig wurden, eher ausgedehnt. Das Wasser war dann zum Trinken und zum Kochen vorgesehen.
In den obengenannten Brunnen wurde die Melone seitlich in einem Eimer herabgelassen, wo sie gekühlt wurde um sie irgendwann gegen Abend aufzuschneiden.

Unvergessen sind die Spielchen unter uns Kindern, wer spuckt die Kerne am weitesten … Die Melonenscheiben wurden recht dünn geschnitten, so dass man in sie hineinbeißen konnte und der Saft links und rechts vom Mund floss. Das machte aber nichts, man hatte um diese Jahreszeit ja nur ein kurzes Höschen an und irgendwann später rieb einen die Mutter vor dem Schlafengehen mit einem nassen Handtuch ab und das war's.

Aber zurück zu der Geschichte die ich eigentlich erzählen wollte: Die Bauern aus *Bačka* konnten ihre Produkte auch mit der kleinen Fähre nach Vukovar bringen. Das war ein langgezogenes, breites Floß, das eher einer Brücke über einen Bach ähnelte. Die Kroaten und die Serben sagen *skela* dazu und die Ungarn *kompa*. Auch *dereglja* hieß sie noch und wer weiß, woher dieser Name stammt?
Alle drei Bezeichnungen sind in der Umgangssprache gebräuchlich.
Es wurde von einem, eher kleinem, asthmatisch tuckerndem Schlepper mit einem Stahlseil gezogen. Den nannte man stolz „*Remorker*" (Remorquer). Es gehörte wohl viel Geschick und Erfahrung dazu, um mit dem kleinen Schlepper der *skela* beim Anlegen so viel Schwung zu geben, dann kurz vor dem Ufer abzudrehen, so dass das Gefährt, gesteuert mit einem riesigen Ruder am Heck, an der flachen Rampe landete. Zwei Burschen sprangen dann ab und vertäuten das seltsame Gefährt. So konnten die Wagen, sofern man die Pferde inzwischen beruhigt hatte, aufs Land hochgefahren werden. Danach folgten die Fußgänger.
Und wenn die *skela*, frisch beladen, auf das andere Ufer sollte, wurde das Steilseil auf der anderen Seite befestigt und das Ruder, jetzt, auf das hintere Ende verlegt.

Die Gesichte könnte so angefangen haben: Die meisten Bauern aus *Bačka* brachten ihre Waren in kleinen, leichten und wendigen Booten zum Markt nach Vukovar. Die nennt man *čiklja* oder *čamac*. Das ist ein etwa vier bis fünf Meter langes Boot, in der Mitte etwas mehr als einen Meter breit und vorne leicht schmäler. Der Boden ist flach, aber leicht vorn und hinten nach oben gebogen. Eine Spitze, wie die Boote am Meer, hat es nicht, ist auch nicht notwendig. Das leichte Gefährt hat unbeladen kaum Tiefgang und lässt sich auch gut lenken. Das kann durchaus von einem Paddler bewegt werden, wobei man weit hinten auf einer Querbank sitzend das Paddel kräftig durchs Wasser durchzieht und vor dem Herausnehmen leicht quer vom Boot abdrückt. Somit verhindert man, dass es abdreht.

Nun ist aber die Donau bei Vukovar etwa 1 km breit und die Strömung ist auch nicht ohne … das bedeutet, dass die *čiklja*, wenn man von *Bačka* kommt, gut 2 Kilometer donauaufwärts, so nah wie möglich am Ufer entlang – da ist die Gegenströmung am geringsten - hochpaddeln muss, dann scharf quer zum Strom abdreht und mit einigem Geschick und Kraft kommt man an der *Vuka*mündung an. Von der Mündung ist es dann nicht mehr weit bis zur Anlegestelle unterhalb des Marktes. Und *Vuka* ist eher ein kleiner, träger Nebenfluss ... mit einer Eigentümlichkeit: Unsere Geographielehrer erzählten uns, *Vuka* sei der einzige Nebenfluss in Europa, der gegen die Strömung des größeren Flusses mündet! Wer weiß, ob das jemand je nachgeprüft hat … aber das wissen alle Vukovarer, die irgendwo in den Fünfzigern dort zur Schule gegangen waren. Inzwischen wurde ein (langweiliger) Durchbruch direkt in die Donau geschaffen, damit der große Fluss bei Hochwasser nicht zu sehr in den kleinen Nebenfluss drücke.

Also, unser Bauer aus *Bačka* schaffte es locker über die Donau zum Markt. Schließlich war er nicht gerade schmächtig. Die Feldarbeit seit der frühen Jugend schafft Muskeln und bei den Bauersleuten gab es auch in schlechten Zeiten doch noch was zum Beißen.

Was die Geschichte nicht erzählt, ist, ob der Bauer ein Serbe, ein Ungar oder ein Donauschwob war. Von den Letzteren gab es nach dem Zweiten Weltkrieg nicht mehr so viele. Die meisten flohen beizeiten, wurden vertrieben und unzählige sind in den Partisanen-KZs umge-

bracht worden oder an Krankheiten und Hunger umgekommen.
All die gab es *Bačka* zuhauf und noch viele andere Nationalitäten auch.

Lustig war es, wenn man mit einer ungarischen Bäuerin um den Melonenpreis feilschte, was zwingend dazugehörte. Sie konnten sich sehr wohl in Kroatisch oder Serbisch verständig machen, aber da das Ungarische keine Geschlechter kennt, warfen sie diese im gebrochenen Kroatisch kreuz und quer durcheinander. Andererseits muss ich eingestehen, hier auf der rechten Donauseite konnte kaum jemand Ungarisch.

Jedenfalls war unser Bauer an der Anlegestelle unterhalb des Marktes, *pijaca*, angekommen, einige Burschen (Tagelöhner) halfen beim Ausladen und die schönen Kohlköpfe wurden an einem Stand zu einer Pyramide aufgebaut. Der Bauer hatte auch einen halbgezähmten Wolf bei sich ... Den hatte er als Welpen irgendwo in den Donauauen beim Angeln gefunden und daheim aufgepäppelt. Die Kundschaft guckte natürlich hin, das Streicheln war weniger angesagt, aber es war ein Blickfang und das Gespräch kam auf. Zum Schluss ging manch einer mit zwei, drei Kohlköpfen vom Stand. Die trug man in einem *ceger*, einem, aus Hanf, grobgeflochtenen Trägernetz mit Holzreifen als Griffe. Plastiktüten gab es noch nicht.
Das Geschäft lief gut, schließlich war es die Zeit wo Sauerkraut eingelegt wurde. Jedenfalls steckten Bündel von *Dinaren* in seiner Jackentasche und der Bauer beschloss mal über *pijaca* zu schauen. Die Aufsicht übertrug er derzeit seinem Standnachbar, so half man sich eben.

Und dann die Ziege! Ein schönes, junges Tier, gar nicht so teuer. Schließlich hat ihm seine Frau schon lange in den Ohren gelegen: wir brauchen eine Ziege, die Ziegenmilch ist sehr gesund für die Kinder und die kann man an jeder Hecke fressen lassen.
Also kaufte er die Ziege, stopfte sich einen *burek* in die Tasche und ging zurück zu seinem Stand.

Inzwischen war es auch etwa 2 Uhr am Nachmittag geworden, die Kundschaft war versorgt und hatte sich verlaufen. Man könnte die Heimfahrt antreten …

Ja, und dann das Dilemma, die gekaufte Ziege, die nicht verkauften Kohlköpfe und der halbgezähmte Wolf, der Hingucker!
Alle passen sie nicht so recht in die *čiklja* und das war letztendes die knifflige Aufgabe, die uns der Lehrer stellte:
Wie gesagt, der Bauer durfte nur eine seiner Sachen auf einmal im Boot bei der Überfahrt haben!!!

Ein letzter Kunde. So ein Gestriegelter, vielleicht einer, der in dem leuchtend gelben Gebäude auf dem Berg, neben der katholischen Kirche, ein und ausging, dem ehrwürdigen Gymnasium.
Jetzt sage es mir, fragte ihn der Bauer, wie schaffe ich das alles ´rüber, ohne das es Schaden gibt?
Und der Studierte hatte die Lösung! Die hat man schließlich irgendwann mal in der Schule ausgeknobelt! … aber der geneigte Leser darf sich noch ein wenig den Kopf zerbrechen, wie kommt das hin?

Gesagt, getan. Unser Bauer brachte seine Fracht ohne Schaden auf die andere Seite der Donau.

Da aber seine Frau, die ihn mit dem Pferdefuhrwerk abholen sollte, noch nicht da war, und der Lärm aus der *Rakić*-Kneipe zu hören war (man sagte dazu *krčma*, die einiges an deftigen Speisen und Getränken bot, aber beileibe kein Restaurant war), beschloss er da mal hineinzuschauen.
Die Ziege und den Wolf, weit genug voneinander, an die Weiden angebunden, die Kohlköpfe dazwischen.

Natürlich kannte man sich, begrüßte sich, klopfte sich auf die Schulter … wie war das Geschäft in Vukovar?

Der Wirt, *Rakić*, war auch gleich mit dem *čokanj* voll mit *dudovača* (der berühmte Maulbeerschnaps) zur Stelle. Und ein *čokanj*, ein bauchiges, kleines Fläschchen, fasst locker an die 50 ml Schnaps! Der wird auf Ex getrunken und gleich zum Nachschenken hingehalten.

Nicht viel später klapperte ein Fuhrwerk herbei und eine resolute, stämmige Frau erstürmte die Terrasse. Alle schauten hin und einer, unser Bauer, erhob sich, zahlte und trottete hinterher.

Und dann die Katastrophe: Die Ziege hatte sich wohl losgezoppelt und sich über die Kohlköpfe hergemacht. Der halbgezähmte Wolf hatte auch Hunger bekommen und sich losgerissen ……….…… die Ziege!

Da lag die Bescherung: Der Wolf hat das Weite gesucht, die Ziege war halb gefressen und ebenso die Kohlköpfe.
Und dann das Gezeter und das Gekeife, so wie es nur eine Frau anstellen kann:
„Du Unglück (*nesrećo*), du bringst mich noch ins Grab, der Teufel soll dich holen (*vrag te odeneo*)! Was sollen die Kinder morgen trinken?"
Sie tranken vor der Schule doch schon immer Kuhmilch, die der Älteste aus der Nachbarschaft morgens holte … „Wir werden alle verhungern!"… Aber in *Bačka* verhungerte so schnell niemand, denn der Boden war fruchtbar, aber das steht schon weiter vorne. Sicher waren die Leute auch arm (die Donauschwaben eher selten), aber irgendetwas fand sich immer, auch wenn der Nachbar aushelfen musste, dem man dann im Frühjahr dafür ein Feld umpflügte.

Aber was soll´s, man sammelte die Reste ein, denn nichts darf man verloren geben. Gesenkten Hauptes nahm unser Bauer seinen Platz auf dem Kutscherbock ein, die Zügel hatte die Frau und ab ging es in das heimische Dorf.

Nun aber die Auflösung …

Da der Bauer nur eines seiner Schätze im Boot (*čiklja*) haben durfte paddelte er zuerst mit der Ziege über die Donau, denn der Wolf machte sich nichts aus Kohl. Er band sie dort an eine Weide an und fuhr zurück nach Vukovar. Dann nahm er den Wolf mit ´rüber, aber die Ziege wieder zurück nach Vukovar. Nun lud er den Kohl ein und paddelte auf die andere Seite. Danach holte er auch noch die Ziege.
… und der Rest der Geschichte … na, das habe ich eben erzählt.

... und jetzt *muss* ich unbedingt ´**was kochen**!
Wie wäre es mit *paprikaš*?

In meinem Elternhaus wurde *paprikaš* oft zubereitet und da wir immer Hühner hatten (auch zwei Schweine wurden gemästet und nicht unter 200 kg, irgendwann im November, wenn es anfing zu frieren, geschlachtet) eben mit Hühnerfleisch zubereitet. Meistens gab es hierzu auch selbstgemachte Knödel (Mehlknep´, wie meine Frau Hilde sagt), die die Speise noch veredelten. Brot, meistens Weißbrot, war immer auf dem Tisch.
Paprikaš ist auch heute in unserer Familie beliebt, vor allem, wenn sich eine größere Tischgesellschaft angesagt hat.
Und wenn die Kroaten von der Kulturgemeinschaft in Mainz ein Fest feiern oder gar die erlauchten Herrschaften der Deutsch-Kroatischen Gesellschaft (die Rheinlandpfälzische Handelskammer unterhält enge Beziehungen zu den entsprechenden Gremien in Kroatien) beköstigen – und das können die Kroaten! – ist gelegentlich auch Vukovarer *paprikaš* dabei.

Und so wird´s gemacht:

Vukovarski paprikaš,
ein Gericht (fast ein Eintopf) aus Ost-Slawonien, Kroatien

Paprikaš (lies Paprikasch) ist ein beliebtes Gericht, beheimatet vor allem in Ost-Slawonien und auch jenseits der Donau in Vojvodina.
Zubereitet wird es im Herbst und Winter, wenn die Zwiebel geerntet sind und es nach dem Schlachten, im November etwa, gutes Schweineschmalz gibt. Verwendet wird Schweine- und Rindfleisch und in einer anderen Variante Geflügel.
Der *paprikaš* wird ausgesprochen scharf gewürzt!
Durch das starke Einkochen erhält der *paprikaš* sein charakteristisches Aroma nach Zwiebeln und Paprika und schmeckt vorzüglich zu hausgemachten Nudeln oder Knödeln, die, wie Spätzle, nur etwas größer, eingekocht werden.
Als Salat eignet sich hierzu Weißkraut, auch Rotkraut, das fein geraspelt (nicht überbrühen!) mit Salz, Essig, Öl und etwas Pfeffer gewürzt, zubereitet wird.
Zur Verfeinerung geht auch Saure Sahne mit Knoblauch, Petersilie, Dill – je nach Jahreszeit. Walnüsse (feingehackt) und das Kürbiskernöl – das ist die Krönung!!!

Freilich ist das Gericht eine ausgesprochene Kalorienbombe, weswegen dazu, trotz Nudeln, auch reichlich Weißbrot gegessen wird.

Zutaten für 4 Personen
   1 kg Zwiebeln
   750 g Fleisch (1/3 Rind- und 2/3 Schweinefleisch)
   200 g Schweineschmalz
   Salz und Paprikapulver, mild und scharf – *Vegeta, pikant*

und für etwa 50 Personen:

        12,5 kg Zwiebeln

        9,5 kg Fleisch (1/3 Rind- und 2/3 Schweinefleisch)

        2,5 kg Schweineschmalz

        Salz und Paprikapulver, mild und scharf – *Vegeta, pikant*

Zubereitung:

Die Zwiebeln werden gesalzen und in Schmalz glasig gedünstet. Zuerst wird das Rindfleisch zugegeben und bei nicht zu starker Hitze durchgedünstet. Danach gibt man das Schweinefleisch zu und würzt mit reichlich mildem und etwas später mit dem scharfen Paprikapulver.

Das Gericht ist fertig, wenn die Flüssigkeit stark eingekocht ist und sich das rotgefärbte Fett vom sämigen Fond zu trennen beginnt.

Hierzu schmeckt vorzüglich ein leichter, trockener Weißwein!

In der Geschichte mit der Ziege war die Rede auch von **Kohlköpfen** die im Herbst zu **Sauerkraut** verarbeitet werden. Nun ist Sauerkraut in Deutschland ein gängiges Gemüse …aber, dass auch ganze Köpfe eingelegt werden?

Das schleppen schon wieder diese Balkanesen oder die Türken ein … und dann schmeckt das auch noch fantastisch!

Lesen Sie und kochen Sie nach, es lohnt sich.

SARMA, Sauerkrautblätter mit Füllung

Im Donaudreieck zwischen Kroatien, Serbien und Ungarn kommt in der kalten Jahreszeit Sauerkraut auf den Speiseplan – in verschiedensten Versionen. Diese Rezepte sind durchweg deftig, denn der Winter war ehedem recht streng und die Bauersleute besorgten um diese Zeit das Brennholz für den Rest der kalten Jahreszeit. Das verlangte dann auch eine kräftige Speise.

Im Spätherbst waren die Schweine geschlachtet (gut über 200 kg pro Sau), Speck zu Schmalz ausgelassen, Paprikawürste (*kobasica*) geräuchert und die dicken Weißkrautköpfe zu Sauerkraut eingeschnitten, wobei auch einige ganze Kohlköpfe eingelegt wurden: für den *Sarma* eben!

Ein wichtiger Vitaminlieferant in der kargen Jahreszeit.

Um die Weihnachtszeit, oder etwas später, war das Sauerkraut durchgegoren und konnte verarbeitet werden: Als *Sarma* oder zum Szegediner Gulasch oder wie es gelegentlich auch heißt *Szekely gulas*.

Den Begriff „*Sarma*" haben übrigens die Osmanen auf dem Balkan zurückgelassen, was so viel heißt, wie eingewickelt. Die Griechen kennen den Ausdruck auch.

Die Sauerkrautblätter bekommt man im Balkangeschäft um die Ecke (in den Städten) oder man macht sich selber an die Arbeit: …

Kraut einschneiden, mäßig salzen, einen schönen Kopf aussuchen, der gerade durch die Öffnung des Gärtopfes passt, das geraspelte Kraut drumherum drücken, bis die Brühe kommt und der Kopf bedeckt ist. Das Ganze mit etwas Dickmilchmolke impfen. Die enthält nämlich Milchsäurebakterien, die die rechtsdrehende Milchsäure produzieren. Abdecken, den Deckel in die Rinne des Gärtopfes einsetzten, mit Wasser füllen und warmstellen.

In der Regel blubbert schon am nächsten Tag die Kohlensäure aus dem Topf: die Gärung läuft.

Durch das Wasser in der Rille wird die Sauerstoffzufuhr verhindert, so dass das Gärgut nicht schimmelt, wie man es von früher kennt, als Sauerkraut für eine vierköpfige Familie locker im 50 kg-Maßstab im Holzbottich angesetzt wurde.

Das Ganze kann man noch etwas genauer nachlesen und wo es steht, das weiß man heute eben.

Wenn es so weit ist, schnüre ich mir gerne meine **Schürze um den Bauch** (im Labor war es der Kittel), komponiere mir (m)einen *Sarma* und beglücke damit die Familie oder Freunde.

Zubereitet wird er selbstverständlich mit (reichlich) Schweineschmalz und Paprika (scharf).

Wobei, bekanntlich, das Fett beim Kochen einen ernährungs-philosophischen Knackpunkt darstellt. Jedenfalls habe ich die „homöopathischen" Mengenangaben (von wegen zwei Esslöffel Öl auf 500 g Zwiebeln …) nie richtig nachvollziehen können.

Das muss eine jede Köchin oder Koch für sich selbst herausfinden!

Wichtig ist, dass eben gutes Schweinschmalz (Metzgerei!) verwendet wird, das ist immerhin der beste Geschmacksträger überhaupt!

Scharfer Paprika (je nach Geschmack) sorgt für die Bekömmlichkeit, nebst gutem, trockenen Silvaner … auch beim Kochen.

Damit neutralisiert man beim Würzen zwischendurch die Zunge und den Gaumen. Und anschließend beim Essen natürlich auch.

SARMA

Zutaten:

500 g Hackfleisch, gemischt
8 – 10 Sauerkrautblätter, den Blattstrunk etwas ausschneiden
(mitunter sind die selbsteingelegten Sauerkrautblätter recht hart und müssen zuvor angekocht werden)
etwa 250 g geraspeltes Sauerkraut
2 – 3 Tassen Reis
2 Eier
Salz, scharfes und mildes Paprikapulver, Suppenbrühe – am besten *Vegeta*
Knoblauch, 4 – 5 Zehen
Kroatische oder ungarische Paprikawurst (*kobasica/ kolbasz*)
oder gut geräucherte Rippchen zum Mitkochen

Für den Einbrenn (Mehlschwitze):

        Reichlich Schweineschmalz
        3 große Zwiebeln
        125 g gewürfelten Speck
        Mehl

Zubereitung:

Vorab wird der Reis mit Salz angekocht, 1/3 abgesiebt und zum Hackfleisch gegeben. Zwei Eier und fein verriebenen Knoblauch zugeben. Die Masse wird mit Salz und Paprika gewürzt und gut durchgemischt.

Die Krautblätter füllt man, je nach Größe, mit etwa 2 Esslöffel Fleischmischung und rollt sie vom Strunk zu der dünnen Seite.

Damit die Sarmawickel beim Kochen nicht zerfallen, werden die Ränder des Blattes (links und rechts) nach innen gedrückt.

Die Wickel werden dann mit dem Strunk nach unten in einen entsprechenden Topf einlagig gelegt.

Dazwischen werden die Paprikawurststücke gesteckt, eventuell geräucherte Rippchen und das Sauerkraut darübergelegt.

Dazu wird Suppenbrühe gegeben, bis die Sarmawickel gut bedeckt sind. Diese werden dann etwa 45 Minuten bei nicht zu starker Hitze gegart.

Der Einbrenn (Mehlschwitze):

Die Zwiebeln werden feingehackt im Schweineschmalz geschmort, bis sie glasig sind. Dann gibt man den feingewürfelten Speck dazu und dünstet weiter.

Für den Einbrenn rührt man 2 gehäufte Esslöffel Mehl dazu, schwitzt es kurz an, gibt noch 2 Esslöffel milden Paprika dazu und gießt die Kochbrühe suppenlöffelweise dazu. Das ganze gut verrührt und leicht geköchelt ergibt eine sämige Sauce, die vorsichtig in den Topf mit den Sarmawickel eingerührt wird.

Das Gericht noch einige Minuten köcheln lassen.

Ein Becher Saure Sahne kann das Gericht verfeinern, wobei es in den

Einbrenn eingerührt werden kann oder ein jeder Gast gibt sich davon in seinen Teller, wieviel er mag.

Der am Anfang angekochte Reis wird zwischendurch gargekocht und dazu serviert. Einige Blätter Petersilie verfeinern den Geschmack und ergeben ein schönes Bild.
Trotz Reis wird in Kroatien gerne auch Weißbrot dazu gereicht, aber das ist Geschmackssache.

Das Rezept reicht für 4 Personen, die kann man gut satt bekommen. Und wenn ´was übrigbleibt, aufgewärmt schmeckt es, bekanntlich, nochmal so gut!

Mit *Sarma* verbinden mich viele Kindheitserinnerungen, die vielleicht schon verblasst wären, hätte ich es nicht selber in die Hand genommen, vom Krauteinschneiden (im Spätherbst), ganze Köpfe einlegen (was in Deutschland eher unbekannt ist), zum Gären mit der Molke der Dickmilch (enthält rechtsdrehende Milchsäurebakterien) impfen und geduldig bis in den Winter warten, bis alles durchsäuert ist.
Aber, wer hätte die Poesie der Zubereitung, den Duft der fertigen Speise besser beschreiben können, als, eben, *Pavao Pavličić*! Er kennt das, ebenso wie ich, aus seinem Elternhaus, hat das erlebt, erschmeckt und erschnuppert. Nur kochen tut er, nach eigenem Bekunden, nicht!

Und das erzählt *Pavao Pavličić* zu *Sarma*:

Sarma,

ein Auszug aus dem Erzählungen-Buch **„Brot und Schmalz"** von *Pavao Pavličić*

Mit Sarma verband mich alles, was ich an Sauerkraut mochte. Ich liebte es, nämlich, zuzuschauen, wie Sarma zubereitet wurde, ich liebte die Geschichten und die Überzeugungen, die damit verbunden waren. Wir hatten z. B. bei uns zu Hause eine riesige Pfanne und ich kann mich nicht erinnern, dass darin etwas anderes gekocht wurde, als eben Sarma. Außen war sie schwarz und innen glänzend. Hinein passten bis zu zwanzig Sarmawickel.

Es war schön zuzusehen, wie die Mutter die Fleischmasse in die feuchten Sauerkrautblätter wickelte und sie, eine neben anderen, in die große Pfanne legte.

Anschließend köchelte der Sarma in reichlich Flüssigkeit und die Mutter schüttelte sie gelegentlich, damit der Sarma nicht anbrannte. Rühren durfte man die Wickel nicht. Sogar der Geruch der Küche war mir angenehm.

Und noch schöner war es, was später folgte. Sarma bereitete man gegen Neujahr und gegessen wurde das Gericht gleich, und nachdem er mehrmals aufgewärmt wurde. Die besagte Pfanne stand auf unserem Balkon, abgedeckt und kalt. In diesen Jahren gab es noch Winter in Vukovar. Die rötliche Flüssigkeit gefror und es war interessant zu beobachten, wie diese wunderbare Masse auf dem Herd schmolz – ganz so wie im Frühjahr das Eis auf der Vuka – und wie sie sich in eine feine und verführerische Speise verwandelte.

Es war auch interessant darüber nachzudenken, was mein Onkel be-
hauptete: Dass der Sarma am besten schmecke, wenn man ihm jedes
Mal, wenn er aufgewärmt wird auch einen Löffel Schmalz zugeben
würde.
Auch andere Theorien in Bezug auf Sarma waren nicht langweilig. Die
einen behaupteten, dass man im Sarma Dörrfleisch und Speck mitkochen
müsste, andere hingegen bestritten es. Manche behaupteten, dass in den
Sarma Paprikawurst (kobasica), aber die scharfe, kommt und andere
räsonierten, wieviel Paprika, Pfeffer oder Lorbeerblätter hineingehörten
...

Darüber konnte ich nie genug hören und so hatte ich nichts gegen
Sarma, ich konnte ihn sogar essen, alles aus Liebe dazu, was alles mit
Sarma so zusammenhängt.

... und an einer anderen Stelle heißt es:
So aß der kleine Pavica mit eiserner Disziplin die wenig geliebten Sau-
erkrautblätter, nur um an das wohlschmeckende Innere zu kommen. ...

Und jetzt will ich eine etwas **leichtere Kost** anbieten, aber auch eine Geschichte, in der ein Rezept versteckt ist. So kommt es bei mir öfters vor, ein kurzer Satz und plötzlich spinnt sich eine ganze Geschichte drumherum. Gelegentlich kommt es auch vor, dass ich eine solche Geschichte auch „freihändig", aus dem Stehgreif so zu sagen, erzähle. Wenn jemand darunter ist, der die Geschichte schon mal gehört hatte, stellt er (oder auch sie) plötzlich fest, ei, das hat er letztens so nicht erzählt. … So ist es bei mir auch mit dem Kochen: Da ist mal *cušpajs* dran (davon wird noch die Rede sein) und der Garten bietet ganz ′was anderes an. Muss halt „umkomponieren", improvisieren und am Ende schmeckt′s. Da wundere ich mich manchmal selbst.

Jedenfalls, ich hätte nie ein Sternekoch werden können, bei mir würde ein Gericht mitunter, von einem Besuch des Gastes bis zum nächsten, vielleicht ganz anders schmecken …

Aber, unzufrieden ist bei mir noch kein Gast vom Tisch aufgestanden, fast keiner.

Das kostet dich, wie den heiligen Petrus sein Eierspeis′ (*kajgana*)

… ko svetog Petra kajgana

Weitläufig sagt man auf dem Balkan, wenn einen etwas teuer zu stehen kommen sollte, oder gar, wenn man übers Ohr gehauen wurde:
… koštat će te ko svetog Petra kajgana …

Das kostet dich, wie den heiligen Petrus die kajgana

Hierzu gibt es natürlich auch eine Geschichte, die vielleicht, in einer ähnlichen Form, bis nach Griechenland wurzelt.

Jedenfalls begab es sich, als dass der Herrgott mit dem heiligen Petrus wieder einmal auf Erden weilte, eine Pilgerreise machte, um die

Menschen nach ihren Sorgen und Nöten zu befragen.

Ob er das heute noch tut? Wer weiß das? Vielleicht befürchtet er, er würde sofort digitalisiert, landet im *Kuglof* (Kugelhupf … Google natürlich) und aus ist es mit seiner Allmacht. Kann man verstehen.

Jedenfalls kamen sie seinerzeit gegen Abend, es dunkelte schon, zu einem Dorf. Irgendwo in der weiten slawonischen Ebene.

Es galt einen Schlafplatz zu finden und sie klopften an einem der nächsten Häuser an.

Eine Bäuerin öffnete ihnen die Tür und, nachdem sie ihr Anliegen gehört hatte, bat sie freundlich die beiden Pilger in das bescheidene Häuschen einzutreten.

Der sprichwörtlichen slawonischen Gastfreundschaft entsprechend, fragte sie die Bäuerin, was sie ihnen zum Abendessen bereiten sollte. Bescheiden, wie die heiligen Herrschaften waren, erbat sich der heilige Petrus nur eine einfache Eierspeise aus, *kajgana*.

Nun ist aber in diesem gesegneten und fruchtbaren Fleckchen Erde immer mal etwas Gutes im Haus.

Also dünstete die gute Frau reichlich Zwiebeln in gutem Schweineschmalz, schnipselte noch ordentlich geräucherten Speck hinein und rührte zum Schluss noch einige Eier dazu – nicht gekläppert. Mit Salz und scharfem Paprika gewürzt ergab das ein herrliches Abendessen.

Die Gäste ließen es sich schmecken. Frisches Bauernbrot war dabei und da in dieser Gegend auch ein guter Wein gedeiht, musste die *kajgana* nicht trocken verspeist werden.

Letztendlich zeigte ihnen die Bäuerin eine breite hölzerne Liege, die man auch *sečija* nennt, und die müden Wanderer legten sich zum Schlafen hin.

Zuvor aber machte sie die Bäuerin darauf aufmerksam, dass ihr Mann heute in die Kneipe (*bircuz*) gegangen sei und für gewöhnlich gut angeheitert nach Hause zu kommen pflegte. Dann konnte er ungemütlich werden.

– Oh, das macht nichts, sagte der heilige Petrus, den werden wir schon beruhigen.

Irgendwann um Mitternacht kam der Hausherr heim, polterte ordentlich und als er die beiden Männer im Kerzenschein schlafend sah, hielt er sie in seinem dollen Kopf für Diebe, Einbrecher oder sonst was.

Jedenfalls schnappte er sich aus der Ecke einen Stock und drosch auf den nächstliegenden, den heiligen Petrus, ein. Als er mal verschnaufen musste, bat der heilige Petrus den Herrgott mit ihm den Platz zu tauschen, da er schon genug Prügel eingesteckt habe.
Der Herrgott willigte ein.

Der Mann dachte aber dann: - Dem ersten habe ich es schon ordentlich gegeben und der zweite, dahinten – der heilige Petrus wieder – kriegt auch noch was ab und holte erneut aus.

So hat der heilige Petrus die Eierspeise, *kajgana*, die er sich gewünscht hatte, teuer bezahlen müssen …

Der Spruch ist weitgehend geläufig, aber die Geschichte, die dahintersteckt (ob sie sich überhaupt so auch abgespielt hat?), ist nicht sonderlich bekannt. Vielleicht aber jetzt, wo doch der Erzähler auch etwas dazu gedichtet hat.

Im Vorspann der letzten Geschichte fiel das Wort *cušpajz*, ein fester Bestandteil meiner Küche. Also auch hier ein Rezept und die Erklärung dazu, wobei hierzu auch *P. P.* etwas zu erzählen hat.

Cušpajz (lies: Zuspeis), wie in Vukovar

Der Begriff ist in Österreich geläufig und will wohl heißen: Was eben zu einer Speise gereicht wird …

Er hat sich so im Donaudreieck (Ungarn, Kroatien, Serbien), wohl durch die Donauschwaben, eingebürgert. In diversen Kochrezepten, auch derzeit, findet man vor allem die slawisierte Schreibweise:

Cušpajz

Hier spiegelt sich das Lokalkolorit dieser Region wider und zeugt davon, wie sich die unterschiedlichen Kulturen gegenseitig befruchtet haben.

Als Grundlage dienen alle Kohlarten, ausgenommen Weiß- und Rotkraut. Und ohne Zwiebeln und Schweineschmalz läuft in dieser Ecke sowieso fast gar nichts!

An dieser Stelle scheint es mir nicht als wichtig, genaue Zutatenmengen anzugeben.

Zubereitung:

Z. B. reichlich Wirsing wird mit einigen Kartoffel-Stücken (zuerst aufkochen) gesalzen und (nicht zu weich) gekocht.

Davor hat man Zwiebeln in Schweineschmalz gedünstet, wobei feingehackte Speckstückchen oder auch *kobasica* (Paprikawurst) mitgedünstet werden können. Zum Schluss wird darin etwas Mehl angeschwitzt und Paprikapulver zugegeben – je nach Geschmack auch scharfes.

Jetzt wird die Mehlschwitze in den Topf mit Gemüse vorsichtig eingerührt, abgeschmeckt und, gegebenenfalls, noch leicht geköchelt.

Gereicht wird *cušpajz* zu allerlei gebratenem Fleisch oder Bratwurst und, ohne dass noch Kartoffeln oder Nudeln dazukommen, reichlich Weiß-brot!

Das Wort sagt es schon: Es ist eine Beilage zum eigentlichen Gericht …

Und was sagt *Pavao Pavličić* dazu?

... wie könnte es anders sein, d. h. wer könnte den Zauber und den Stellenwert dieser Speise besser beschreiben und erklären, als der Vukovarer Schriftsteller *Pavao Pavličić*? Einer, der es aus seiner Kindheit kennt und damit aufgewachsen ist (ebenso wie ich). In seinem Buch „Brot und Schmalz" findet sich eine „Ode" an diese einfache, aber auch wunderbare Speise: *cušpajz*.

Seltsam ist das Schicksal eines der wichtigsten Begriffe unseres Lebens. Interessant wäre es zu wissen, wieso sich dieses Wort „cušpajz" so lange halten konnte und noch heute (in Vukovar) in Gebrauch ist? Das Wort bedeutet, angeblich, nichts anderes als Beilage. Man könnte sich dann fragen, warum nennt man es nicht, kroatisch, „prilog"? Es wurde dafür auch der Begriff „varivo" konstruiert, was so viel heißt wie „Gekochtes".

Aber es reicht schon zu überlegen, was diese beiden Begriffe „cušpajz" und „prilog" für sich bedeuten, um den Unterschied zu erkennen.
Bratkartoffeln sind z. B. eine Beilage, aber niemand würde „cušpajz" dazu sagen, auch wenn beides letztendlich Beilagen sind. Ebenso verhält es sich mit Nudeln oder mit dem panierten Blumenkohl.
„Cušpajz" ist also etwas anderes. Und jedermann, der ihn mal kosten konnte, wird sofort wissen, worin der Unterschied besteht.
Dieser Mensch wird ein bestimmtes Bild vor Augen haben: Einen tiefen Teller mit einer Speise, deren Hauptbestandteil die Flüssigkeit ist, fein zerkleinertes Gemüse, gut verkocht und gut gewürzt. ... und (Anmerkung des Übersetzers) nicht zu vergessen zubereitet mit gutem Schweineschmalz – reichlich –.
Das ganze wird mit dem Esslöffel gegessen. Das ist also „cušpajz", das und nur das!

Und warum „cušpajz", eigentlich eine Beilage, zum Hauptgericht wurde, ist nicht schwer zu erahnen: Weil es ein Hauptgericht vielfach erst gar nicht gab. So wuchs die Bedeutung von „cušpajz" und zwar in zwei Richtungen. Einmal, er wurde bei Tisch immer wichtiger; zu jedem Mittagessen. Die Frage: Was gibt es heute als „cušpajz" war wichtiger, als die Frage, welches Fleisch gibt es dazu? Wenn es überhaupt welches gab.

Anderseits, wohl aus gleichen Gründen, wurde „cušpajz" immer reichlich aufgetischt und wurde, wie gesagt, aus tiefen Tellern gegessen.

Aber, egal welches Gemüse man hierzu verwendete, einen Bestandteil musste es zwingend geben: Einbrenn! In Vukovar heißt es eher „ajnpren". Die Mehlschwitze, oder wie die Kroaten sagen: „zafriga, zaprška".

Ohne Einbrenn kann es keinen „cušpajz" geben:
In Schweineschmalz werden Zwiebel gedünstet, etwas Mehl zugegeben – angeschwitzt – Paprikapulver (auch scharfes!) zugegeben und gut durchgerührt. Diese Masse wird dann (vorsichtig) in das schon gekochte Gemüse eingerührt.
In diesem Augenblick verwandelt sich unscheinbares, gekochtes Gemüse in den „cušpajz"!
Erst mit der Zugabe von Einbrenn, scheint es, als wäre es eine Zauberei, eine Beschwörung, wird der Wirsing, Kohlrabi oder auch Kürbis zu einer, des Menschen, würdigen Speise, werden.

... soweit Pavao Pavličić

… und genau daran scheiden sich die Geister der Kochexperten der *haute cuisine*, die den Einbrenn (in Vukovar slawisiert: *ajnpren*) eher als eine unwürdige „Mehlpampe" verachten – nicht so im Donaudreieck zwischen Ungarn, Kroatien und Serbien. Vielleicht woanders auch nicht – in Österreich, zum Beispiel.

Übrigens versäumt es *Pavao Pavličić* die **Herkunft des Wortes** „*cušpajz*" zu erklären, warum auch immer. Aber das habe ich weiter oben schon beschrieben.

Freilich ist das in unserer Familie keine „ArmeLeutSpeis'". War es auch nicht in den kargen 50igern in dem ehemaligen Jugoslawien. Echte Armut haben ich und meine jüngere Schwester in unserem Elternhaus nie erfahren müssen, auch wenn nicht alles gerade üppig war.

Der Vater war geschickt, konnte organisieren und hatte seine Verbindungen, die wohl noch aus der Vorkriegszeit herrührten. Man half sich gegenseitig und so versorgte uns unser Hausmetzger, mit dem wohlklingenden Namen Blesius, mit Fleisch, vor allem in der Zeit, wenn unsere eigenen Schlachtvorräte zur Neige gingen. Einmal konnte er wohl nichts besorgen und der Vater schimpfte im Gespräch mit der Mutter, warum komme dieser Schuft (*džukela*) nicht mit dem versprochenen Fleisch herbei? Als er dann endlich ankam, stellte ich mich, so wurde erzählt, breitbeinig und mit den Armen in die Hüfte gestemmt vor ihn hin und fragte den Vater: „*Jel to ta džukela* … ist das der Schuft, der uns kein Fleisch bringen will?"
Wie die Geschichte ausgegangen ist, wurde nicht überliefert … wahrscheinlich aber, wenn sie nicht alle verstorben wären, lachten sie auch heute noch.

Nun aber 'ran, ans Gemüse, Kochtopf und die Pfanne – viel Vergnügen!

Und **noch ein Rezept** muss ich unbedingt hier einbringen, weil es nichts Vergleichbares in Deutschland gibt und weil das Gericht bis heute in unserer Familie liebevoll zubereitet wird, jedes Jahr! Und weil es im Bekanntenkreis fast ein Mythos ist, auch wenn sein Name mitunter abenteuerlich falsch ausgesprochen wird. Ich will das niemanden verdenken.

Sataraš
ein sommerliches Gericht, ein Eintopf, aus Ost-Slawonien, Kroatien

Sataraš (lies Satarasch) ist ein beliebtes sommerliches Gericht, beheimatet vor allem in Ost-Slawonien und in Vojvodina (jenseits der Donau), das nach Beginn der Tomaten- und Gemüsepaprikazeit viel zubereitet wird. Es ist eine typische Speise für diese Region, wo reichlich schmackhafte Paprikaschoten und Tomaten gedeihen, scharfe Pfefferoni gibt und fette Schweine (mindestens 200 kg) geschlachtet werden. Es ist zunächst ein fleischloses Gericht, keinesfalls jedoch kalorienarm – denn einfache Menschen arbeiteten dort schwer und lange auf ihren Feldern. Es ist kein teures Essen, folglich auch ein ArmeLeuteGericht.

Zubereitet wird es als Tagesspeise aber auch oft im „Latwerge"-Maßstab, d. h. im 100 Liter-Kessel, wobei, wie beim Latwerge, stundenlanges, fast ununterbrochenes Rühren angesagt ist. Denn einmal kräftig angebrannt kann man den ganzen Kessel gerade auskippen.
Der *Sataraš* ist fertig, wenn alle Bestandteile gut verkocht sind und sich das Fett vom Restwasser absetzt. Erst dann gewinnt der *Sataraš* sein typisches, so unverwechselbares Aroma. Nach den noch verbliebenen Vitaminen sollte man besser nicht fragen, oder wenn es einer wirklich wissen will, man befrage die Spurenanalytiker.

Einmal im Kesselmaßstab gekocht wird der *Sataraš* noch kochend heiß in Einmachgläser mit sauberem Gummiring gut gefüllt, sofort verschlossen und der Deckel mit einem Bügel befestigt.

Nach Abkühlen entsteht im Einmachglas Unterdruck, der den Deckel festhält. Bewährt hat sich in der Familie Bürger auch das sogenannte „Zublitzen", d. h. mit einem Kaffeelöffel wird etwas hochprozentiger Rum (oder starker Schnaps) in den Deckel gegeben, angezündet und sofort auf das gefüllte Einmachglas gedrückt. Auch so entsteht ein deutlicher Unterdruck und hält das Einmachglas verschlossen. Die Haltbarkeit ist bei sauberer Verarbeitung (beim Abschmecken zwischendurch weit weg mit dem Brot!) gut. Den *Sataraš* kann man auch nach mehreren Jahren ohne Geschmackseinbuße im kühlen Keller aufbewahren.

Serviert wird der *Sataraš* als Beilage zu verschiedenen Braten (nicht zu Fisch), auch mit Reis vermischt (*Djuveč*-Reis) oder ganz einfach, wenn ein überraschender Besuch in der Tür steht, aufgewärmt und mit viel Weißbrot getunkt.

Unsere Tochter, Sibylle, mochte es aber am liebsten mit einem Ei, das etwa wie ein Spiegelei in die Mitte in den *Sataraš* versenkt und leicht stocken gelassen wurde.

Dazu schmeckt ein guter, trockner nicht zu aromatischer, Weißwein, *Graševina* oder ein rheinhessischer Silvaner.

Die Bezeichnung *Sataraš* ist in der Region geläufig, trägt aber einen deutlichen ungarischen Klang in sich, auch wenn gebürtige Ungarn nicht ohne weiteres deuten können, wie der Name zustande kommt. In Ungarn heißt dieses Gericht *Lecsó* (Letscho) und dessen Herkunft wird sogar in Serbien vermutet. In dem Buch „Die klassische ungarische Küche" von *George Langs* heißt es zu der möglichen Herkunft seines Rezeptes (siehe weiter unten) lapidar: „*Paradoxerweise stammt dieses ganz und gar ungarische Gericht aus Serbien und ist dem dortigen djuvets sehr ähnlich.*"

So haben sich die Völker dieser Region in diesem, doch sehr positiven, Sinne gegenseitig etwas gegeben.

Sataraš

Zutaten:

       5 kg reife Freiland-Tomaten
       (die Haut soll nicht abgezogen werden!)
       2,5 kg Zwiebeln
       1,25 kg Gemüsepaprika, möglichst gelbe, ungarische
       1 kg Schweinschmalz
       120 g Salz, nach Bedarf
       Pfefferoni, milder, roter Paprikapulver

Ausbeute: Etwa 7,5 l

Zubereitung:

Die Zwiebeln werden in Scheiben geschnitten und mit Schweineschmalz und Salz fast glasig gedünstet. Anschließend werden in Streifen geschnittene Paprikaschoten zugegeben und etwas angedünstet. Nach der Zugabe der in grobe Würfel geschnittenen Tomaten, Pfefferoni und anderen Zutaten wird der *Sataraš* so lange gekocht, bis alle Zutaten weitgehend verkocht sind und sich das Fett beginnt abzutrennen.

Wichtig ist es während des Kochens intensiv zu rühren, weil der *Sataraš* leicht anbrennt und dann ungenießbar werden kann. Vorsicht, das Fett kann spritzen und die Verbrennungen sind schmerzhaft!

Zwischendurch muss abgeschmeckt und nach Bedarf nachgewürzt werden. Achtung: Durch das Verkochen nimmt die Salzkonzentration zu, so dass endgültig erst zum Schluss mit Salz und Paprika fertiggewürzt wird.

Zeitbedarf: etwa 4 Stunden für die Vorbereitungen und das Kochen.

Foto: Ikebana im Vorratskeller der Familie Bürger

Und hier die ungarische Variante, entnommen dem weiter oben zitierten Buch:

Lecsó, für 2 bis 6 Portionen

Zutaten:

      2 Esslöffel Schmalz
      Eine in Scheiben geschnittene mittelgroße Zwiebel
      450 g in Ringe geschnittene kleine Gemüsepaprika
      3 geschälte und gewürfelte, sehr reife Tomaten
      1/2 Esslöffel Zucker (kann bei sehr reifen Tomaten
      entfallen)
      1/2 Teelöffel Salz, 1 Teelöffel Paprikapulver

Zubereitung:

1. Das Schmalz erhitzen, die Zwiebel hineingeben und bei sehr schwacher Hitze 5 Minuten dünsten.

2. Gemüsepaprika hinzufügen und noch 15 Minuten dünsten.

3. Tomaten, Zucker, Salz und Paprika zugeben. Weitere 15 bis 20 Minuten dünsten.

Folklor

So gerne wie ich mich mit der Sprache und Sprachen beschäftige, Geschichten ausdenke, aus dem Kroatischen übersetze, mit der Schürze in der Küche stehe – so gehört meine Liebe auch dem Folklor.
Faszinierend ist der unermessliche Reichtum an Trachten, Bräuchen, Tänzen und eben der Musik, die aus der Volksseele sprudelt … egal, ob es der Balkan ist (im Besonderen alles, was ich vom Gebiet des ehemaligen Jugoslawiens kennenlernen durfte), Spanien, Portugal und ganz Südamerika! Wie spannend kann es sein, den Spuren der Kelten in Irland, Frankreich und Spanien nachzuspüren!?!

Nur mit dem deutschen Folklor, da tue ich mir ausgesprochen schwer. Da ist jegliche Ursprünglichkeit, bis auf Spuren in Bayern oder im Schwarzwald, verlorengegangen. Winzertanzgruppen hüpfen bei uns am Rhein auf der Bühne herum, die Herren halten sich an den Hosenträgern fest, die Damen lüpfen die Röckchen, für die sie meistens zu alt sind, zu irgendwelchen importierten Polkas oder Ländler.

Die Tradition und die Ursprünglichkeit sind absolut gerissen. Sie sind von den Nationalisten und vor allem von den Nationalsozialisten so missbraucht worden, dass von ihnen nichts mehr übriggeblieben ist. Fast nur noch die Marschmusik.
Noch 1967 wurde, als ich bei der Bundeswehr in der Grundausbildung war (ja, das habe ich auch mitgemacht, weil mir damals niemand von einer Möglichkeit der Verweigerung ´was gesagt hatte), da wurde noch tatsächlich gegrölt: „ … denn heute gehört uns Deutschland und morgen die ganze Welt." Das nannte sich damals „Formalausbildung"!
Damit kann und darf sich heute niemand mehr identifizieren!

Dadurch, dass die Folklortradition gerissen ist, blieb nur noch die Unterhaltungsmusik übrig ... und da hat man in Deutschland danach gegriffen, was sich übermächtig aufdrückte. Deutschland ist diesbezüglich eine „**USABZ**", USAmerikanische Besatzungszone!

Ganz anders in vielen Ländern der Welt ...
Vukovar hat als (Klein-)Stadt keine direkte dörfliche Tradition. Aber, wenn man die Mädels und die Jungs im kroatischen Kulturverein *„Dunav"* die Folklorlieder singen hört, sieht sie tanzen und erlebt hat, wenn Tamburica aufspielt – da ist Lebendigkeit zu spüren. Die, die da mitmachen, die leben das tatsächlich. Dort fange ich sogar an mitzusingen. Obwohl, so sehr ich mich für musikalisch halte, mit dem Singen habe ich es nicht so.

Mit dem Verein *„Dunav"* verbindet mich eine, bereits, Jahrzehnte lange Freundschaft. Mehrmals waren kleinere Gruppen in Ingelheim und Bingen zu Gast und gar eine größere Veranstaltung durfte ich in Koblenz mitorganisieren. Inzwischen wurde ich sogar als Ehrenmitglied des Vereins ernannt, was mich nicht wenig stolz macht.
Selbst die Kroaten in der Diaspora, so in der Kroatischen Kulturgemeinschaft in Mainz, leben auf, wenn ihre kleine, aber recht gute Tamburicakapelle aufspielt.

Meine erste Erfahrung mit der Folklormusik Slawoniens reicht bis in die Zeit in der Mittelschule, als ich in der schulischen Tamburicakapelle mitgespielt hatte. Zunächst am kleinsten Instrument, *bisernica* und, nachdem ich etwas gewachsen war, habe ich mich bis zu *berde* (Bassgeige) „hochgearbeitet" – wer stolzer als ich, denn: *svaka cura voli tamburaša, a berdaša i cura i snaša* ... heißt: alle Mädchen lieben den Tamburicaspieler, doch den Bassgeiger (*berdaša*) die Mädchen und die jungen Bräute!
Wenn das keine Motivation war ...?

Aber, wenn ich an die Vielfalt des Folklors im ehemaligen Jugoslawien denke, meldet sich bei mir so etwas wie „Jugonostalgie".

In Kroatien gibt es an den Grenzen zu anderen Völkern Folklor, der Elemente dieser Länder aufnimmt. Nur die Slawonier, etwas östlicher von Zagreb bis an die Donau, sind einzigartig. Die Trachten der Frauen sind unglaublich reich bestickt, die Männer etwas schlichter in weißen Hemden und weiten Hosen. Die Westen wieder bestickt, ebenso die Umhänge. Hüte, unterschiedlichster Art auf den Köpfen. Mit Goldstickerei!
Die Musik ist schnell, auch mal verhalten – die Slawonier können sogar Walzer … wenn sie sentimental werden. Reigentänze haben auch eigene Rhythmen und originelle Tanzschritte. Immer kleine Schritte, fast zierliche – gesprungen wird nicht. Es gibt auch keine Trommeln. Die Tamburicakapelle hat Instrumente, die es auf dem Balkan nicht überall gibt.

Z. B. das was als Bassgeige aussieht ist mit nur vier Seiten bespannt und mit Stegen versehen. Mit dem Bogen gestrichen wird nicht.

Diese Vielfalt lässt sich einigermaßen beschreiben, demonstrieren kann ich das nicht, schließlich ist das hier kein Hörbuch. Es gibt auch Möglichkeiten, sich im Computer dieses und jenes anzuhören.
Und wenn in Serbien oder Rumänien das Akkordeon aufspielt (anderswo ist das Gitarre oder *Bazuki*), ist es ein Feuerwerk an Melodien, Rhythmen und virtuosen Improvisationen, noch reicher, als es Jazz kann. Die Improvisationen folgen der Harmonie in Dur oder Moll und verzetteln sich nicht in konstruierten Dissonanzen.
Man klimpere einfach den Namen *Sandra Milošević* in die Suchmaschine ein (merkt der geneigte Leser, wie modern (aptudatte) der Autor dieser Zeilen ist? ...). Oder, man höre sich an, wie die Liedermacherin, *Lidija Bajuk*, die alten kroatischen Volksweisen interpretiert.
Da ist zu hören (und zu sehen!), was ich meine.

Ein Rapper, dagegen, macht einfach nur Lärm, geistlosen Lärm, meistens auch noch mit rassistischen, sexistischen und Gewalt verherrlichenden Texten.

Das Festmahl

Ein **Festmahl** wird überall gerne mit einem Kuchen veredelt … natürlich auch mit Wein. Und nicht selten gibt es vornweg *šljivovica*, also Quetschenschnaps, den man bitte nicht *Slibowitz* nennen sollte. Das ist polnisch, obwohl er in Polen selbst fast unbekannt ist. Die Polen trinken ihren Wodka, becherweise!

In unserer Familie sind einige Kuchen aus meinem Elternhaus übernommen worden. *Gospa Miković*-Kolatschen und die *Doboš*-Torte erfreuen sich ganz besonderer Beliebtheit. Sie dürfen auf keinem unserer größeren Feste fehlen.

Gospa Miković-Kolatschen ist natürlich nicht der richtige Name … Zubereitet hat den Kuchen in unserer Familie in Vukovar traditionell und ausschließlich die unverheiratete Schwester meiner Mutter, bis der Kuchen letztendlich, im Familienjargon, nach ihr benannt wurde: Frau *Miković*-Kuchen!

Unvergessen ist, wie *teta Mitra*, die seit der Kindheit ein verkürztes Bein hatte und, wenn sie außer Haus ging, meistens einen Schuh trug, der gute fünf bis sechs cm hohe Sohle hatte, den Teig für den Gezogenen Strudel an unserem Esstisch auszog.

Ein kleiner Klumpen Teig, kaum größer als eine Kinderfaust, muss auf dem Tisch auf einem leinenen Tischtuch so lange rundum gezogen werden, bis der Teig die ganze Tischplatte bedeckt und so dünn ist, dass man das Webmuster des Tischtuchs darunter deutlich sehen konnte. Und meine Tante zockelte mit ihrem verkürzten Bein um den Tisch herum, unendliche Male, zog und zoppelte da und dort und regte sich ungeheuer auf, wenn der Teig mal irgendwo riss! Der Teig wurde zwischendurch mit Öl benetzt und zum Schluss, mit frischen Sauerkirschen gefüllt, zu einem Strudel gerollt und ab in den Backofen!

Noch heiß aus dem Ofen, ist der Kuchen ein absoluter Höhepunkt der Kuchen-Backkunst! … und ein Kuchen, an dem ich mich noch nie versucht habe – aus Ehrfurcht und Respekt vor dieser hohen und anspruchsvollen Kunst und, auch ein wenig, aus Nostalgie und liebevoller Erinnerung an meine Tante *Mitra*.

Gospa Miković-Kolatschen

(in Österreich: Weichselstangerl)

ein traditioneller Kuchen in der Familie Bürger, daher der Name *Miković*, Name der Tante (d. h. der Mädchenname meiner Mutter)

Zutaten:

500 g Mehl
250 g Margarine
150 g Zucker
2 Eier, Dotter vom Eiweiß trennen
1 Päckchen Backpulver
geriebene Zitronenschale oder Vanillezucker
etwa 1,5 l Sauerkirschen, mit wenig Zucker eingekocht
(die Früchte sollen nicht ganz verkocht sein)

Zubereitung:

Mit den Zutaten (außer Eiweiß) wird ein Mürbteig hergestellt, geteilt und jede Hälfte etwa so groß wie ein kleines Backblech ausgerollt. Eine Hälfte Teig wird auf das Blech gelegt.

Füllung:

Sauerkirschen werden abtropfen gelassen und etwa zentimeterdick gleichmäßig auf den Teig in der Backform verteilt. Auch eine andere, säuerliche dickflüssige Marmelade kann verwendet werden.
Die zweite Hälfte des Teiges wird ausgerollt, auf das Nudelholz gewickelt und vorsichtig auf die Füllung gelegt. Eventuell freiliegende Ecken können mit der überstehenden Teigmasse bedeckt werden.
Der Kuchen wird zu etwa 3/4 gebacken.

Glasur:

Inzwischen wird das Eiweiß zu Schnee geschlagen, auf den vorgebackenen, heißen Kuchen gleichmäßig ausgestrichen und mit etwas Zucker bestreut. Den Kuchen kann man nun fertigbacken.

Der fertige Kuchen wird nach Abkühlen in Stangen, etwa 2,5 x 7,5 cm geschnitten und zum Turm aufgeschichtet.
Der Kuchen ist gut eine Woche haltbar und gewinnt mit Reife an Geschmack.

Und die **Doboš-Torte** ist die Krönung. Zubereiten kann sie meine Frau Hilde so perfekt wie sie früher in unserer Familie geschmeckt hat. Allerdings hat sich bislang niemand aus der nachfolgenden Generation daran versucht. Vielleicht trägt dieses Buch dazu bei, dass der eine oder andere Brauchtum weitergegeben wird.

Schön wär's!

Doboš-Torte von Mama *Ljuba*

(Rezept aus Vukovar, ein obligater Kuchen zu Weihnachten, Ostern und wichtigen Festen in der Familie Bürger!) … *Doboš* heißt Trommel.

Zutaten für einen Boden (benötigt werden 7 Stück):

> 1 Ei, getrennt in Eigelb und Eiweiß
> 1 Esslöffel Zucker
> 1 Esslöffel Mehl
> etwas Backpulver

Zubereitung:

Zucker und Eigelb werden sehr schaumig gerührt, gesiebtes Mehl zugegeben und Eiweißschnee untergerührt.

Die Masse wird auf ein Tortenbodenblech, das man vorher mit einem genau zugeschnittenen Blatt Backpapier ausgelegt hat, gegeben und glattgestrichen.

Der Boden wird im vorgeheizten Backofen bei mittlerer Hitze abgebacken.

Alle sieben Böden werden getrennt zum Auskühlen stehengelassen und der Beste für die oberste Lage (Glasur) ausgesucht.

Zutaten für die Füllung:

       200 g weiche Blockschokolade
       250 g Butter
       250 g Zucker
       4 Eidotter

Zubereitung:

Butter und Eigelb werden schaumig gerührt. Zucker wird mit etwas Wasser auf der Flamme unter Rühren perlig werden gelassen. Beide Massen werden vermischt, mit etwas geriebener Vanillestange abgeschmeckt und zum Schluss die flüssige Schokolade eingerührt. Die Masse soll bis zur Füllung der Böden etwas abkühlen.

Die Böden werden mit der Füllung gleichmäßig bestrichen und aufeinandergelegt. Der oberste Boden bekommt keine Füllung. Die Ränder der Torte werden mit der Füllung glattgestrichen.

Glasur:

Etwa 150 g Zucker werden mit wenig Wasser auf der Flamme unter Rühren erhitzt, bis der Zucker schmilzt und schließlich karamellisiert, wobei die Karamellmasse nicht zu dunkel werden darf.

Nachdem die Masse unter Rühren etwas abgekühlt ist, wird sie auf den obersten Tortenboden gegeben und mit einem heißen Messer glattgestrichen. Etwas Karamellmasse kann auch stellenweise am Rand hinunterfließen und bildet leichte Nasen mit denen die Torte serviert werden darf.

Damit die Torte geschnitten werden kann, wird die Glasur, nachdem sie etwas abgekühlt ist, mit einem fast glühenden Messer in 16 Segmente eingeschnitten, so dass sie später bis zum Boden durchgeschnitten werden kann.

Am besten schmeckt die *Doboš*-Torte, wenn sie bereits eine gute Woche vor Weihnachten zubereitet wurde. Die Glasur wird erst einen Tag davor fertiggestellt.
Ein Kaffee oder auch ein trockener Gewürztraminer passen vorzüglich dazu.

Der Wein

Etwas fehlt noch in dieser Sammlung: natürlich der Wein!
Ein Kulturgut, das ich erst so nach und nach für mich entdeckte.
Der Vater bewirtschaftete in Vukovar selbst einen kleinen Weinberg, der
der Familie als „Existenzminimum" nach der Konfiszierung erhalten
blieb. Und davon sollten zwei Schwestern vom Vater, die eine unver-
heiratet, die zweite verwitwet mit zwei kleinen Kindern leben …
Nur, der Wein war für mich als Jugendlicher noch kein Thema. Steckt
aber irgendwo in meinen Genen, wie man so sagt, denn Vukovar hatte
Wein und zum Wohnen bin ich nach Ingelheim gekommen, mitten in
die Weinberge, mit herrlichen Rotweinen!

Nicht auszudenken, wenn es
die, seinerzeit, aus Jugoslawien
ausgewanderte Familie Bürger in
eine Biergegend verschlagen
hätte.
Irgendwie habe ich die Menschen
in den Weingegenden viel fröhli-
cher und offener, als anderswo erlebt. Meine bevorzugten Ziele
zum Verreisen waren immer Land-
schaften, in denen Wein angebaut
wird.

So ist der Wein ein Teil meiner Kultur geworden, begleitet
mich und meine sozialen Kontakte und mit ihm verbinde ich

viele angenehme Erlebnisse … wenn ich nur daran denke, wie ein ein-
facher, junger und spritziger *Graševina*-Wein aus Ilok, in Vukovar in
einem Restaurant zum *Fišpaprikaš* schmeckte …
Übrigens ist *Graševina* im Geschmack und Bouquet dem rheinhessi-
schen Silvaner sehr ähnlich.

Ich habe auch selber hervorragende Obstweine ausgebaut und mich
sogar an den eigenwilligen „*Uhudler*" gewagt, der, einmal, auch in Süd-
burgenland, wo er als Kultwein gilt, Anerkennung gefunden hatte.
Nur ein ausgesprochener Weinkenner bin ich nie geworden …
Nun aber genug davon, mehr packt dieses Buch nicht!

E P I L O G

So, jetzt habe ich mir die **Geschichten und Geschichtchen**, samt
einigen Rezepten, **von der Seele geschrieben** … ein langgehegter
Traum!
Vielleicht ist es sogar zu viel geworden – aber was soll′s!
Ich habe mich sogar zurückgehalten, schließlich will ich *Jergović*, mit
seinen 1000-Seiten-Wälzern (für mich ungeheuer spannende Bücher)
keine Konkurrenz machen. Aber, wenn ich alles hineingepackt hätte, gerade was ich so in den letzten Jahren gekocht habe … wer weiß?
Doch, nochmal wer weiß, vielleicht gibt es auch mal ein richtiges Koch-
buch von mir – nur, wie mache ich das, ohne, wieder einmal, Geschichten drumherum zu spinnen?

Mit dem Gedanken, ein Buch zu schreiben, mit der Intention, wie
anfangs beschrieben, beschäftige ich mich schon lange … aber, es gib
so viel zu tun! Und dann die lange Bank:

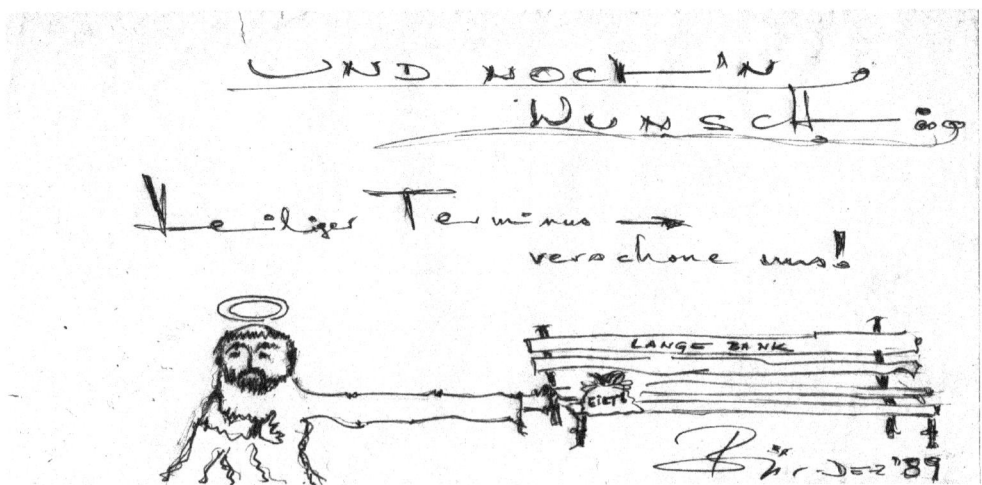

Aber, dann fiel mir ein Aufruf der Schweizer Stiftung *Kreatives Alter in* die Hand: ... *Sie schreiben, forschen, musizieren usw. und sind über 70, wir laden Sie ein, an unserem Wettbewerb teilzunehmen* – ja warum nicht? Teilnehmerbedingungen schicken gelassen: es passt!

Und dann hatte ich plötzlich Zeit: Reha-Maßnahme (nach Tumor-OP und Chemotherapie) mit viel Bewegung, Anwendungen und viel, viel Zeit!
Trotz massiver Bedrohung durch den Virus Covid 19, Corona!

In dem schönen und mondänen Bad Homburg v. d. Höhe. Preußisch bis in die Graswurzeln im Kurpark. Es gibt dort kaum eine Straße oder Platz, der nicht einem König, Kaiser oder diversen örtlichen herzoglichen Hoheiten, samt deren Ehefrauen und Prinzessinnen gewidmet wäre. Auch diverse russische Würdenträger und Schriftsteller haben in der dortigen Spielbank das, von ihren Bauern mit viel Schweiß und Blut erarbeitete Gold verprasst.
Für mich als Wahl-Rheinhesse, war das völlig neu. Die Mainzer Republik hat, nach der Französischen Revolution, damit gründlich aufgeräumt.

Wir haben in Ingelheim unseren Karl den Großen, der hier eine seiner Pfalzen errichten ließ (wahrscheinlich hieß er auch seine Mönche an, hier Rotwein anzubauen). An ihn wird vielfach erinnert, aber damit hat es sich auch. Weitere Adlige zieren die Straßennamen von Ingelheim nicht.
Aber er lebt noch bis in die Namensgebung der Bewohner von Nieder- und Ober-Ingelheim: die **Rauhaarischen** und die **Mirakeln**.
Die Geschichte habe ich in Stichworten von meinem Freund Weitzel Wilfried und ich gebe sie gerne hier weiter, wie ich es mir vorstelle, dass sie sich zugetragen haben könnte:

Die beiden Spitznamen gehen vielleicht noch auf die Zeit des Karl den Großen zurück. Bekanntlich hatten die Könige und Kaiser vor und auch einige Jahrhunderte nach der ersten Jahrtausendwende noch keine Hauptstadt in ihrem Reich, sondern sie zogen mit ihrem Gefolge von Region zu Region, wo sie gerade gebraucht wurden, um ihren Machtanspruch durchzusetzen.

Hierzu ließen sie vielerorts Pfalzen errichten, um gebührend Hofhalten zu können. Eine davon, die heute auch noch am besten erhaltene und aufwendig restaurierte Reste aufweist, war eben in Ingelheim, genau gesagt in Nieder-Ingelheim.

Wenn dann der Kaiser mit seinem Tross an Knappen und den Frolleins anrückte, musste schnell für die Verpflegung der Höflinge, der Wachen und deren Tiere gesorgt werden.

Damit die Wege nicht zu lange werden, siedelten sich um den Palast in Nieder-Ingelheim Bauernhöfe an, die für das Wohlergehen des Kaisers und seiner Begleitung zu sorgen hatten.

Und wehe, dem Kaiser sollte sein Lieblingsgetränk, *Vinum Caroli Magni** zu Neige gehen. Da musste schnell gehandelt werden. Und wenn der Kaiser nicht zugegen war, hatten die Bauersleute die Früchte ihrer Arbeit für sich und ihre Familien. Sie waren eben „Reichsfreie".

So gab es im sogenannten „Ingelheimer Grund" nie Leibeigenschaft.

Sie mussten, also, hart arbeiten, waren auch mal struppig und im Winter hingen sie sich die Schafsfälle um die Schulter.

Da entstand wohl der Begriff: Die „Rauhaarischen"!

Diese ganze Wirtschaft musste auch verwaltet werden und der Kaiser setzte hierzu einige kluge Köpfe ein. Diese wurden nach und nach wohlhabend und in den Adelstand erhoben.

Sie zogen sich aber, vornehm wie sie sein wollten, nach Ober-Ingelheim und Groß-Winternheim zurück und bauten sich dort ihre stattlichen Gehöfte. Diese können noch heute bewundert werden.

Da sie sich von den anderen abhoben, wurden sie „Mirakeln" genannt.

Spurenweise kann man diese Unterschiede noch heute ausmachen und die Tatsache ist, dass wir, die Ober-Ingelummer Mirakeln, unsere **niederen Ingelheimer**, die Rauhaarischen, ausgesprochen lieben!

Die Leute in Ingelheim-West sind gänzlich frei von solchem Dünkel – so darf ich ihnen ein Kompliment machen: Sie kennen sich bestens bei Aldi und Lidl aus und ihre Brötchen verdienen sie bei Boehringer.

Und wenn ich dann gelegentlich, mit, vor Stolz geschwellter Brust, von dem alten Gemäuer und den Bruchsteinen in Ober-Ingelheim erzähle, hören sie mir andächtig zu … muss ich dann mal Luftholen, heißt es versonnen:
*Ach, ja, Ober-Ingelheim, das habe ich schon mal gehört … **Wo liegt das denn?***

Vinum Caroli Magni: … zuletzt 2015 von zwei Ober-Ingelheimer Jungwinzern aus ausgesuchten Spätburgunder-Trauben und unter Beachtung der Möglichkeiten, die zur Zeit des Karl den Großen gegeben waren (erforscht und beschrieben von Prof. Eschnauer) ausgebaut. Auftraggeber war der Verein proIngelheim, wobei die Mitglieder des Vereins auch „die Hand mitangelegt" haben. Heraus kam ein eigenwilliger, furztrockener Rotwein, der dann als Liebhaber-Rarität zur Unterstützung der Vereinsarbeit verkauft wurde.

Die Geschichte, wie es zu den beiden Uznamen (Spitznamen) kam, kann man auch etwas anders erzählen, so Wilfried, unser Ober-Ingelheimer Original und, so zu sagen, ein Urgestein … und dann in der Ober-Ingelheimer Mundart:

Herzerfrischend!

Owwer und Nidder Ingellum hawwe sich in friehere Zeite nie vertrache. Waas de Kuckuck warum. Wenn mer awwer die Geschicht emol verfolgt donn konn mer des e bissche verstehe. Ogefonge hawwe die Streitigkeite wer wohl älter wär. Des iss eigentlich bis heit net geklärt. Iwwerall hots nämlich schon uralte Gräber gegewwe un aach sunstige Funde. Un als der der große Karl in Nidder sei Pfalz gebaut hot, do gabs hiwwe un driwwe schun die Ortschafte. Nur das der Adel sich halt e bisje abseits von der Pfalz ewe in Owwer ogesiedelt hat, des war absehbar. Denn wer wollt schun direkt newe dem Kaiser baue. Des war vielleicht aach verbote. De richte Krach war awwer noch etwa 1200 vun den von Bolanden vorbereit worn. Denn die hawwe im Hunsrick beiden Ortschafte de Wald vermacht. Un des ging so das o Johr Nidder un des onnere Johr Owwer de Nutze devun hatte. Do gabs emol de Fall das die Obber Ingelummer Holz geschlaa hatte un net verkaafe konnte. Die vun do driwwe hawwe des donn im nächste Johr ofach gemacht. Irgendwann sinn donn die Utsnohme uffkumme des mit dene Rauhärische un dene Mirakel. Wer die in die Welt gesetzt hot iss net mie festzustelle. Un aach net warum. Die vun Owwer hawwe wohl gemont sie wäre was besseres. Des hot mit dene 100 adlische Familie zu due gehatt die sich iwwer des gonze Mittelalter ogesiedelt hatte. Mirakel bedeit „Das Wunder", während „Rauhärisch" wohl vun de schlecht Kleidung odder arme Leit kumme kennt.
Jedenfalls ging der Krach donn immer weiter. Iwwer 700 Johr hawwe die Bürscher sich gestritte üwwer Weide uff dem Meenzer Bersch. Un die warn sich aach sunscht bees. Denn wenn mer in de Owwer Ingelum-

mer Kerschebicher blättere dut, do iss kon onzische Fall vermerkt das
en Monn sei Fraa vun Nidder geholt hätt un geheirat hätt. Un dass e
Familie von driwwe oder hiwwe ingezoche wäre iss aach net iwwerliew-
wert. Dezu kam das wenn wer inziehe wollt egal woher der mußt net nur
Einzugsgeld bezahle sondern de Gemonderat musst sei Zustimmung
gewwe. Diese Streitigkeite hots long gewwe. E Fraa hot in ihre Erinne-
runge aus der Zeit vor dem erste Weltkrieg geschriwwe vun ihrer Kind-
heit. Zum Beispiel das de Kaiser Wilhelm mit seim Auto dorsch Nidder
in de Bingerstroß gefahre wär. Zum winke musste alle Schulkinner vun
hiwwe un driwwe do hie kumme. Un do steht wörtlich:" Die Lehrer hat-
ten alle Hände voll zu tun das die beiden Gruppen sich nicht schlugen
und bevor sie Hurra riefen konnten, sei der Kaiser schon vorbei gefah-
ren."
Die jüngsten Vorfälle hätte es gegewwe , so erzählt vun de „Alte"
Owwer Ingelummer, das die Kinner vun driwwe die in Owwer in de Rin-
nerbach in de Apotheke Medikamente hole musste immer Schläg oge-
droht gekriegt hätte un des wär vor un noch noch dem zweite Weltkrieg
so gewese.
Heit iss des zum Glick alles vorbei.

Soweit die **Geschichten, Geschichtchen (*crtice*) und das Kochen**
... unglaublich, was so in einem Leben zusammenkommt ... auch
wenn´s nur eines unter Abermilliarden ist.

Čiča Mića, gotova je priča!
Ein Spruch (unübersetzbar) den uns Kindern die Mutter oder der Vater
am Schluss einer vorgelesenen abendlichen Geschichte aufsagten und
der bedeutete: Schluss jetzt, es wird geschlafen, *basta*!

Anhang, Zeichen-Lesart:

Ćć Čč Đđ Šš Žž

Und hier noch einige Hinweise, wie man die im Kroatischen und Serbischen gebräuchlichen Sonderzeichen liest und ausspricht:

Ć,ć: tsch, weich ausgesprochen wie im Namen des Volksschauspielers Millowitsch

Č,č: tsch, etwas stimmhaft ausgesprochen wie im Wort Deutsch

Đ,đ: dsch, wie Dschungel; die Buchstabenkombination dž wird gleich ausgesprochen, jedoch härter

Š,š: sch, wie in Schule

Ž,ž: wie in Journal

Z, z: wird stimmhaft wie "s" in "singen" ausgesprochen und ein "c" ist immer ein c und folgt nicht der lateinischen Lautverschiebung zu "k".

DANK

An:

die Lektorinnen: Hilde Bürger und Sibylle Louanzi

die Herstellerin: Lilly Unter Ecker

den Autor der Übersetzungen: Pavao Pavličić für die freundliche Genehmigung, die ausgewählten Passagen ins Deutsche zu übersetzen und in dieses Buch einzufügen zu dürfen

das **Ober-Ingelummer Original**, Wilfried Weitzel für die Mundartgeschichte, die er extra für mein Buch verfasst hat

Zeitfracht Medien GmbH
Ferdinand-Jühlke-Straße 7
99095 Erfurt, Deutschland
produktsicherheit@kolibri360.de